シャガールに恋して

高瀬久子

TAKASE Hisako

文芸社

目次

プロローグ＊＊芸術の扉＊＊

日本文化の象徴的存在として愛され続けている桜。「精神美」「優美な女性」「純潔」という花言葉を持つ春のシンボル。T大の入学式はその満開の桜の下、厳かな講堂で執り行われた。

「ご入学おめでとうございます。合格切符を手にした君達は宇宙に繋がる壮大な芸術の扉の前に立っています。君達が自分自身を完全に芸術の創造に打ち込ませるならば、その扉は必ず開かれます。その扉の鍵は運でも才能でもなく、全身全霊で創造する情熱の魂だと思っています。君達が日本の芸術を世界の芸術に、魂の芸術に押し上げてゆく勇士達だと信じています……」

学長の挨拶を真新しいスーツに身を包み真摯な気持ちで受け止めていた学生、佐々《さ さ》谷《が や》啓《けい》斗《と》十八歳。彼は絵画科、絵画専攻の一年生だ。彼は学長の挨拶を聞きながら、ふと敬愛する画家マルク・シャガールの言葉を思い出していた。

『ただ自分の論理と理性を持つ真摯な心だけが自由なのだ。文学が不条理であろうとも、最も純粋であると人々に言われる段階にまで達したのは、魂それ自身によったのである』

啓斗の心は未来に、今に、ときめいていた。自分を信じて突き進む、そんな言葉が心に溢れていた。

講堂に差し込む春の陽射し。高窓から流れる白い雲をぼんやりと眺める彫刻科、彫刻専攻の朝比奈《あさひな》麗《れい》十八歳。彼女の心には広々としたキャンパス内で眺めた桜の花々の美しさが映し出されていた。母校の校内にも桜の木があり、校門から続くアプローチの花壇に囲まれた高台で微笑む聖母マリア像の神々しい美しさを引き立てていた。聖母マリアは麗にとって特別な存在であった。大学に入学したら『サン・ピエトロのピエタ』を制作するとずっと心に決めていた。『サン・ピエトロのピエタ』とはミケランジェロの代表作であり、十字架から降ろされたイエス・キリストを抱きかかえる聖母マリアの姿を表した傑作と言われる大理石の彫刻である。『ピエタ』はイタリア語で憐れみ、慰め、の意味を持つ。若々しく美しい『ピエタ』のマリア、イエス・キリストを優しく抱きかかえるその姿に、麗は思慕の念を抱いていたのだ。晴れやかな入学式の日の学長の言葉は、麗の耳には届いていなかった。

　学長の祝辞はまだ続いた。

「……芸術家というものは実に孤独なものであります。私もかつてはそんな端くれでありました。ここで画家マルク・シャガールの名言をお伝えしますと、『真の芸術は魂の中から生まれる。芸術を求める魂は、二つの現実を持つ。身を置く現実と、精神を置く現実。孤独の境遇にある時は、神に祈り、大地にひれ伏し、土に接吻をすることを愛するがよい。大地に接吻して、倦むことなく、飽くことなくこれを愛せ。そうすればお前達のその孤独な姿は誰の眼にも留まらずとも、大地はお前の涙から実りを与えてくれるであろう』……。学生生活の四年間には、たくさんの仲間ができますが……」

　広い講堂の中、新入生の絵画科絵画専攻、佐々谷啓斗と、彫刻科彫刻専攻、朝比奈麗。大学一年生の二人の心に同時に刻まれた言葉。

『……芸術を求める魂は、二つの現実を持つ。身を置く現実と、精神を置く現実……』

　啓斗が小さく復唱した。

『……孤独の境遇にある時は、神に祈り、大地にひれ伏し、土に接吻をすることを愛するがよい……』
麗の頭の中に反響した。
芸術の扉……その鍵は……魂の中にある。

第一話　心の声

自分自身が歳を重ねてゆくことを、若い頃は少しも考えたことがなかった。今の若者が若者のままで、熟年が熟年のままでずっと存在しているような無頓着さと驕った思いで過ごしていた。愚鈍だ。無限に続く時は確実に流れ、万物は有限の中で確実に老化を迎える。魂とは別の所で体の細胞のひとつひとつが、生から死へと刻々と流れている。自然の摂理などと当たり前のことを、今更ながら身に沁みて感じている今日この頃。『四十にして惑わず』とは言うけれど、今の私の精神は程遠くにある。幼子のように未熟で形の定まらぬアメーバのように不安定。選択しながら突き進む人生は毎日迷ってぐらぐらだった。先の見えぬ人生のトンネルの前で、一度決断してみては後ろを振り向き、歩いてきた道を疑い、立ち止まり、そして前に続く未知の道に疑念を抱くのだ。こんな痴者の私が世間的には十歳と七歳の姉妹の母親であり、人生の半ば中年層にどっぷりと嵌った年月を生きている。我が子に自慢できるような経歴も、語ってあげられるような四方山《よもやま》話も持ち合わせてはいない。私はいつも自己の存在に満たされず、理想化した偶像に劣等感を抱き、混沌とした日々を過ごしていたのだ。

私、小野瀬真由子《おのせまゆこ》、四十歳。四年前からシングルマザーだ。日々頭の中にこれでいいのだろうかと疑問符を並べながら、私は私という人間のささやかな人生を傍観する。今という時間を生きる人々の中で、理想どおりの自信に溢れた人生を送っている人は、一体世界にどれくらいいるのだろうか。マスメディアのスポットライトを浴びなくともヒーロー・ヒロインは大勢いる。みな自分の価値観の中で幸せを築いてゆくのだ。日常に埋もれている本当の幸せ。でも人々は安心感の上に広がる見慣れた風景の中でそれを見失ってしまうのだ。若い頃、あんなに輝いて見えた未来が、誰もがヒーロー・ヒロインになれると信じていた未来が、現実という時間の中で、歯を食いしばって努力しなかった私の人生の中で、段々と色褪せ、名も無い物語の中のエキストラのように光を失っていた。自分の愚かさに気付き嫌悪する。仕事も結婚も離婚の結果も、みんなみんな自分の愚鈍さが招いたことなのだ。

シングルマザーになってからの私の生活は、そんな気持ちは心の奥に追いやって、余裕もないほど目まぐるしく過ぎていった。とても映画やドラマで見るようなかっこよくて潔いシングルマザーとはいかなかった。社会復帰するためにやっと見つけた小さな町工場の事務職。紺色の冴えない事務服を着てパソコンを叩き電話をとり、給料は二十万にも届かなかった。人生に対する自分自身の甘さ、社会の厳しさを日々痛感させられた。そんな私も二十代の頃には、ファッションデザイナーという専門職に就いていた。希望の大学受験に失敗し、成り行き任せに専門学校に進み、ファッション業界の道を歩み始めたのだ。今思えば若さというエネルギーを振りかざし、人生を生きるということ、職を極めるということ、自己を高めるということ、全てにおいて傲慢であった。私はあの頃、どんな光を求めていたのであろうか。あの頃私は全てが曖昧で、全てが芯のぶれた生きかたをしていた。だから私は今でも自分自身が許せない。自分が大嫌いだ。自分に自信が持てるものなど何一つ無いのだから。

＊＊＊

「お母さん、今日身体測定だから、体操着がいるんだよ。早く出してよ」

月曜日、忙しい一週間の始まりだ。次女の優希《ゆうき》の幼さの抜けない声がリビングに響く。

私は朝食の用意をしながら、記憶の中を辿りながら優希の体操着を探す。

「お母さん、私のエプロンと三角巾どこにある？　今日、調理実習だからって言ったよね。あと私は卵を持っていく係りだから、卵六個、あるよね。お母さん」

と、今度は強気な長女の瑞希《みずき》だった。

「お母さん、私の早く」

優希は地団太を踏む。

「お母さん、エプロンと三角巾」

瑞希も負けじと大きな声を出した。

「お母さん！」

「お母さん！」

我が家の朝は、いつもこんな大騒ぎだった。

「はいはい。優希、体操着ここに置くね。瑞希、エプロンと三角巾は二番目の引き出し。卵は幾つ持っていくの？」

「六個！」

私は素早くリビングの中を動き廻り優希の体操着を用意し、冷蔵庫から瑞希に必要な卵を六個取り出した。

「はい。卵は六個ね。良かった、ちょうどあったわ。調理実習があるなんて言ってた？」

私は長女に、卵をパックごと渡しながら言った。

「金曜日に言ったよ。お母さん、私の話なんて、全然聞いていないんだから」

長女はエプロンや三角巾、マスク、布巾、生卵を丁寧に袋にしまいながら、ぶっきら棒に言った。

「そうだった？　ごめん、ごめん。瑞希も優希も、自分のことはできるだけ自分でやってくれる？　お母さんだって忙しいんだから、協力してよ」

朝の一騒動を片付け、二つの小さな頭に黄色い帽子をささっと被せた。

「はい、はい。わかりました。今度からそうするよ」

「はあい。お母さん、ごめんなさい」

苦笑いするまだあどけない顔の二人の娘。無邪気に手を振りながら玄関を出て行った。

ほっと一息するのも束の間、私は八時十分には職場へと向かわなければならなかった。朝食の後片付けを素早く終え身支度を始める。私の職場は自転車で十五分の所にある零細企業だった。かつてアパレル業界にいた私は常に華やかな表参道、青山、代官山などを活動場所としていた。しかし、シングルマザーとなった今、中途半端な経歴は全く役には立たなかった。現実を痛感させられた。けれどその一方で自宅から職場までの近い距離は、子供達の寂しさや空腹をいち早く満たすには都合が良かった。

私が離婚をしたのは、子供達がまだ六歳と三歳の時だった。前夫と私は俗に言う価値観の相違が原因で別れたのだ。私達が結婚したのは今から十二年前。結婚とは地に根を張った、恋愛とは根本から異なる実生活だ。それが一般的な現実だと思う。私達の結婚生活は、数年でお互いの理想から大きく逸《そ》れ始めていた。夫の日常生活は、独身時代から延々続いている自分のやり方、やりたいことで優先順位が決められていた。妻がいようとも子供が生まれようとも、それは変わることがなかった。大人だけの生活の時は、まだ私も夫のやり方に合わせることができた。けれど幼い子供がいる家庭では、やはり育児が最優先になるのは必然だ。夫もそして私自身さえ一つの家庭を築くということに、子の親になるということに確固とした義務や責任、覚悟を忘れていたのだと思う。

心から反省し懺悔すれば人生はやり直せるのだろうか。自分の生き方を、自分自身を変えられるのだろうか。何を為すべきなのか、何が自分自身にできるのか。中途半端に生きてきた混沌とした苦い思いが拭い去れない。真面目には生きてきた思いはある。子供のため、生活のために。けれど、元気に生まれてきてくれた子供達に、人生の先を歩く一人の人として何ら自信の持てるものがないことをすまなく思うのだ。私に一番足りないもの、それは根性と覚悟だ。ファッションデザイナーの道に進んだ時も、仕事を辞め結婚を決めた時も。一生をかけて、自分の人生をかけて、私は何をやりたいのか、何ができるのか、何によって自分が生かされるのかをじっくりと考えるべきだったのだ。あの時に、そしてあの時に。それはあまりにも人生を愚弄していた。後悔は止まない。

残されている未来への道は、過ぎていった過去の四十年より、年齢・体力・世間体、様々なことにおいてはるかに険しい道であることは確かだ。けれど、この場所にずっと留まることはできない。今のポジションから落ちるのか、少しでも向上するのか。それは自分次第なのだと心の声は叫ぶ。

第二話　瑞希と優希

今年になってから私は資材係りから経理係りへ担当が変わった。毎月末、私は得意先へ集金のために渋谷まで赴くようになった。午後一時、いつものように会社を出ると埼京線に乗り込んだ。今の私の日常で電車に乗る機会はこの会社の集金くらいだ。

渋谷の街は日々変化している。煩雑な息遣いのするこの街も、真っ先に社会の変化を受け止めている。今の私は完全にその波から阻害されている。

得意先の会社は、駅からバスで三停留所の所にある。その日は一足違いでバスに乗り遅れ、私は待ち時間の十五分を惜しみ歩いて行くことにした。小春日和の暖かな日だった。日頃はジーパンで職場に向かう私だが、この時だけは少々服装に気を遣った。雑誌の一ページのようにディスプレイされたショップが並び、通りをすれ違うおしゃれな若者達、快活なおしゃべり、明るい笑顔。希望に溢れた輝く未来に包まれて歩いている。ふと気付けばパレットから弾かれ、自分だけがモノクロの映像の中にいるようだった。自分の理想とは違った人生。劣等感、離婚、町工場、私は間違った道を歩いてきてしまったのだろうか。荒い息遣いの聞こえる現実、緊張と恐怖と後悔の波が一気に押し寄せる。……せめて離婚などしなければ良かったのか。そもそも離婚は私が言い出したことだった。否、過去は振り返るまい。そう決めたにも拘《かかわ》らず私の心には、折に触れ後悔の暗雲が押し寄せては通り過ぎ、そしてまた色濃く立ち込め私を飲み込んでゆく。子供達と自分の未来の幸せを信じて、明日への一歩を踏み出したはずだ。私は自分を深く傷つけ、もう二度と取り戻すことのできない貴重な年月を費やしてしまった。これからはもう、まっさらな気持ちでは家庭を築けないのかもしれない。子供達の中に眠る前夫の遺伝子とその記憶、その心の痛み。決して消せはしないだろう。私は罪を犯したのだ。

　涙で滲んだ瞳にふと映ったのは、通りの向こう側にかつて何度か足を運んだことのあるレンガ造りの古い美術館の建物だった。通りから一間奥まった日の当たらない場所で、木々と蔦に覆われひっそりと昔の風貌のまま存在していた。周りの建物がすっかり近代的に様変わりしている中で、その一角だけが変わらず古風な懐かしい空気を漂わせていた。

　私は不思議な安堵感に包まれていた。ふと感じる心の緩み。にわかに解けてゆく背中の緊張。私は知らず知らず頑なに生きていたのだ。自身の凝り固まった劣等感の中で心を閉ざし、笑顔を作ることとさえ忘れていたように思う。懐かしく和らいでゆく心で、ふと美術館の中に入ってみようかと迷ったが、集金途中で立ち寄る勇気もなかった。私はその懐かしい香りを胸に、人混みの中を得意先へと、現実へと戻っていった。見慣れたビルのエレベーターを三階まで上がる。いつもの受付の女性が座っていた。私は受付簿にサインをし、いつものとおり手形を受け取り、厳重にバッグの中に仕舞うと得意先のビルを後にした。

自身の価値観、自分らしさ、アイデンティティー。シングルマザーの現実は生きること自体に、生活そのものに追われる日々で、それらの言葉はとても贅沢な世界に思えた。かつての私なら絵画ではマルク・シャガール、インテリアのファブリックではローラ・アシュレイ、食器ではウエッジウッド、紅茶はフォートナム・メイソン、それらが安らぎのアイテムの代名詞だった。休日には美術館や百貨店で過ごすことが少なくなく、美術館で眺めるマルク・シャガールには殊更魅了されていた。観る者を幻想の世界に引き込む、のびやかさが魅力的だった。シャガールの絵の前に立つと、自分の窮屈な狭い心が、無垢の自由な世界へと開放され、幸福感で満たされたものだった。とても愛おしい時間だったことを懐かしく思い出す。

都内の建築物も年々近代化されてゆく中、当時はこの美術館もその先駆けとして、外装もさることながら内装もニューヨークの近代美術館を手本とし、洗練されたギャラリーだった。館内にはその一角におしゃれなカフェが設けてあり、一日中美術館で楽しむことができた。私もよくそのカフェに立ち寄った。アート感覚に溢れたユニークなレリーフが飾られ、メニューもオーガニック食材を使用したスウィーツやお茶が並んでいた。私の定番はアッサムミルクティーと生クリームと苺ジャムを添えたスコーンだった。好きな物に囲まれた静かな時間は、どんなにか心が癒やされたことだろう。若かった頃の私の至福の時間がそこに在ったのだ。

集金を終えた私は再び埼京線に乗り込み、車窓に流れる景色に、変わりゆく自分を囲む環境を映し出していた。あの頃の自分の時間、贅沢に生きていた安らいだ気持ち。そしてそれらが遥か遠い日に思え、幾重にも折り重なった時間の垣根越しに、深いやるせなさを感じていた。

＊＊＊

それは夢だった。

懐かしい美術館を見つけた日の夜に、私は不思議な夢を見た。あの蔦の絡まる美術館が私に深い感慨を与えたからなのだろうか。

全てはセピア色の世界だった。まるで無声映画のような静寂な空気が流れていた。けれどそこに寂しさや冷たさはなく、むしろ懐かしさや穏やかな感情で満たされていた。私はその美術館のカフェにいた。いつものようにミルクティーとスコーンを待ちながら、ゆったりとシャガールの画集を眺めていた。やがてウエイターが注文の品を私のテーブルに丁寧に並べた。乳白色のボーンチャイナのティーカップとポット、純白の生クリームと苺の赤いジャムにミントの葉が添えられたスコーンが私の前に置かれた。

「あの、シャガールが好きなのですか？」

私は思いがけない問い掛けに顔を上げると、見知らぬウエイターの優しい笑顔があった。私は躊躇《ためら》いながら「ええ」と返事をした。

「僕も、シャガールが一番好きな画家なのです」

と彼が言う。そして澄んだ瞳で「どうぞ、ごゆっくり」と私に美しい笑顔を注ぎ、カウンターの奥へ戻って行った。それは些細な会話だった。けれど妙に印象的であった。実在しない夢がほんのりとした温もりを私の記憶に残した。あの日の夜以来、不思議な夢は私の感覚の中にずっと留まり続けたのだ。

＊＊＊

今日は、娘達の授業参観の日だった。社長は理解のある人で、学校行事には快く有給休暇を取らせてくれた。

「お母さん、優希は国語の時間に来て欲しい。作文を一人ずつ、前に出て読むんだよ」

次女は甘えるように、朝キッチンに立つ私に話す。

「わかった、わかった。優希は国語の時間ね。そしたら四時間目ね。オッケー」

優希の顔がぱっと明るくなった。

「お母さん、瑞希は音楽の時間がいい。瑞希が伴奏するんだから」

瑞希は、小さい頃からピアノが大好きだった。クラスの中で伴奏者に選ばれたことを、とても誇らしく思っていたのだ。

「うん。五年生の音楽の時間は、三時間目ね。それなら優希の国語の時間とちょうどいいわね。音楽室は南校舎の三階だったわね。伴奏、がんばってね」

「うん」

瑞希も優希も嬉しそうだった。

「さあ、朝食ができたわよ。しっかり食べて今日も一日元気で過ごさないとね」

私は素早く三人分の食事をテーブルに並べ、子供達を席に座らせた。

「頂きます」

「頂きまーす」

子供達が元気よく食事をする姿は、母親として大いに幸せを感じた。溢れ出す母性は子供達に思いやりのある子に育つこと、何かに自信を持って打ち込める子に育つこと、幸せであることを切に願っていた。


三時間目、私は久しぶりに学校の音楽室に足を運んだ。その教室には予想以上の保護者が集まり、三クラス合同の音楽の時間に、親達の期待が募っていることを感じた。入り口で渡されたプログラムに目を通すと、合唱が三曲、合奏が二曲だった。合唱の伴奏者三名の欄に娘の名前が印刷されていた。それは娘にとっても、私にとっても誇らしいことだった。

瑞希が伴奏する曲は、『輝く明日へ』という題名だった。娘がグランドピアノの前に座ると、想像以上の緊張感が私の心を当惑させた。どうか娘が伴奏を間違えませんように、と私は一心に祈っていた。

伴奏が流れる。娘の奏でるメロディーに合わせ、子供達の澄んだ歌声が音楽室中に響いた。

『心が寂しくて
一人で泣いた夕暮れがあった
失敗した自分
夜を迎えるみかん色の空がきれいで
少しだけ時間が止まった
うんと泣いたら
心が空っぽになっていた

明日には新しい空が広がる

新しい自分にきっと会える
だからあなたは大丈夫
誰かが囁いた
明日には泣いた自分さえ
きっと好きになっている』

思いがけず耳にした天使の言葉だった。子供達はまるで私の心を知っているかのように優しい声で歌う。『心が寂しくて　一人で泣いた夕暮れがあった　失敗した自分』それは誰の言葉なのだろうか。『うんと泣いたら　心が空っぽになっていた　明日には新しい空が広がる　新しい自分にきっと会える　だからあなたは大丈夫　誰かが囁いた』……知らず知らず涙が溢れていた。『明日には泣いた自分さえ　きっと好きになっている』。優しく癒してくれる魔法の言葉に、涙は止め処なく頬を伝った。

　離婚をしてからずっと私は、瑞希や優希に対し後ろめたい気持ちを引きずっていた。親の身勝手で離婚をし、精神的にも経済的にも不自由をさせていた。私さえもう少し要領良く、忍耐強くあったならば、子供達に辛く寂しい思いをさせなくとも済んだのだ。離婚はそもそも私から言い出したことなのだ。不満を言っていた前夫も私にそんな勇気があるものかと、高を括っていた。確かに女手ひとつで子供達を育ててゆくことは、私が想像していた以上に過酷なことだった。

私はいつだって覚悟が甘いのだ。前夫のことを非難などできない。歪んだ家庭で子供達を育てるより片親でも愛情豊かに子供達を育てたい、信頼し合える温かな家庭で子供達の心を育てたい、そんな理由で別れを決意したのだからどこまでも突っ走るべきなのだ。まだまだ手の掛かる子供達を抱えて、弱気になどなっていては駄目なのだ。それでは結局ただの理想主義者、夢想主義者に過ぎないではないか。

間違えることなく上手に伴奏を弾き終えた瑞希は、そんな私の姿を見つけると戸惑った顔をしていた。


その夜、優希が言った。

「お母さん、優希の将来の夢っていう作文、どうだった?」

大好きなエビフライを頬張りながら、次女が嬉しそうに私の顔を見る。

「うん、上手だったよ。大きな声でよく読めたね」

「うん。優希ね、大人になったら絶対に科学者になりたいんだあ。みんながびっくりするような発明をして、賞状とお金をたくさんもらうの。そしたらお母さんだって、楽になるでしょ。お母さん、いつもがんばっているんだもん」

「まあ、そうなの？　優希は理科が好きだものね。ありがとうね。お母さん、とっても嬉しいよ」

優希はとても満足そうな顔をした。その時、突然瑞希が言った。

「お母さん、今日、どうして泣いてたの？」

顔一杯に心配と不安を表していた。瑞希は気付いていたのだ。優希も驚いた顔で私の方を見た。

「ああ、あのね、瑞希があんまり上手に引いていたから感動しちゃったの。瑞希もお母さんの知らない間に、成長していたんだなって思って、嬉しくなって涙が止まらなくなったのよ」

八の字に寄せられた瑞希の眉が、一層厳しい表情になった。

「本当？　本当に、本当？」

「本当よ。本当に、本当」

瑞希の顔が一瞬に明るくなった。

「良かった。瑞希、心配しちゃったよ。お母さん、悲しいことでもあるのかなって思ってさ」

「ごめんね、心配させて。お母さんねえ、本当に嬉しかったの、二人の成長が。二人ともいい子に育っているなあって思ってね。だから、今日は二人の好きなエビフライを奮発したのよ」

その時、突然優希がぷんと怒り出した。

「お母さん、ずるい。だって、優希の時には泣かなかったよ。作文、上手に読めたねって言ってくれたのに、全然泣かなかった」

「それは、お姉ちゃんの時に泣き過ぎちゃったから……。涙が出なくても、お母さんの嬉しい気持ちには変わりがないのよ。だって、優希も瑞希もお母さんの宝物なんだから」

するとすぐに優希のご機嫌が直った。

「それなら許してあげる」

「良かったわ。さあ二人とも、エビフライをたくさん召し上がれ」

「はあい」

子供達は夢中で夕食を食べ始めた。子供達の心は日々成長していることを、私は改めて感じた。長女が私のことを気遣ってくれていたことに、私は迂闊な母親ではいられないことに気付く。私は両手に溢れるほどの愛で、優しい労りで、深い安らぎで子供達を包み込んであげたいのだ。私が傷付けば子供達は一層深く傷付く。子供は親の穏やかな傘の下で健やかに成長しなければいけないと思う。だから私は笑っていなければ、いつも穏やかに微笑んでいなければ。少なくとも子供達が分別の付く大人になるまでは。

第三話　美術館

その夜、私はまた夢を見た。

私の意思なのか、何かに引き寄せられているのか、私は再びあの美術館に入って行った。しんと静まり返った西洋館のようなエントランスの右手に大理石の階段があった。私は真っ直ぐにその階段を上り始めた。うす暗かった館内は次第に明かりを灯していった。それは暖かな柔らかな明かりで、まるで私を導いているかのように優しく包んでいた。油絵の人物画や静物画が並ぶ二階のフロアーには、名前も聞いたことのない画家の作品が多かった。どれも秀作に思えた。私は一点一点じっくり鑑賞しながら歩みを進めていたが、ふと一枚の油絵の前で足が止まった。それは暖かな光の差す春の午後のようなカフェテラスの風景画だった。深紅の服を着た婦人が柔らかな光の中でゆったりとお茶を楽しんでいる風景だった。白いギャラリーの壁に映える婦人の深紅の服。筆のタッチと色彩感覚がどことなくシャガールに似ているような気がした。穏やかな時の流れを感じる贅沢な絵だった。

題名は『午後のテラス』と書かれている。ゆとりの中から生まれる精神の自由とアンニュイ。ノスタルジアも感じられる絵だった。

それから私は一階のフロアーへと戻った。

私の恋するシャガールのリトグラフを探した。このギャラリーに展示されている作品は全部で三作あった。一作目は『エッフェル塔の新郎新婦』。カンヴァスの中央に描かれた婚礼服の新郎新婦が鳥に乗り宙を舞い、天使達に祝福されている絵である。左上の黄色と赤に輝く太陽が、幸福な未来を暗示しているような希望に溢れた作品だった。そして、二作目は『彼女をめぐりて』という作品で、シャガール独特の群青を基調としている絵だった。右に赤色の服を着た婦人と、その上にはやはり新郎新婦が小さく描かれている。中央の丸窓を支える少女、窓には外の景色と三日月、左には画家の姿と蝋燭を持つ鳥の姿が描かれていた。幻想的なノスタルジーを感じる絵であり、シャガールの亡き妻への思いを描いた作品だそうだ。三作目は『華燭』という作品で、こちらでも群青が基調とされている。中央よりやや右側に新郎新婦、その上に蝋燭を灯したシャンデリア、チェロやラッパ、太鼓を奏でる者、牛、天使、鳥、抱き合う恋人達の姿が、新郎新婦を囲むように遠近法で描かれている。カンヴァスの右上の遠方から黄色の陽が覗く。カンヴァスの左側は夜の世界を描き、人物を群青色の世界の中に描いている。どの作品もシャガール独特の幻想の世界観を描いていた。私はこれらの作品全てに魅了されていた。私の部屋にもシャガールの代表作である『誕生日』という作品のポスターを飾っている。この作品はシャガールが自分の誕生日を描いたもので、愛妻のベラから花を送られ彼は歓喜の中、宙を舞う。ベラ自身も彼の愛を受け宙を飛び、二人は口づけを交わすといった幸福感に満ち溢れた世界を表現していた。

静かな館内、私はシャガールを探しながらゆっくりフロアーを歩いていた。アーチ型の天井をくぐると、赤い絨毯の先に金の額縁に囲まれた三点のシャガールのリトグラフが厳かに現れた。私の心は歓喜に震えた。足早にリトグラフの正面まで近付くと、私の緊張感は一気に高まった。空気が揺れるその中でシャガールを見上げていると、ふと人の気配を感じ徐《おもむろ》に後ろを振り返った。すると壁にもたれながら一人佇み、じっと偉大なシャガールのリトグラフを見つめる青年がいた。ほっそりとした長身の青年は、白い壁を背景にまるで一枚の肖像画のようにあまりにも美しい姿であった。

私は思わず息を飲んだ。その美しい青年の面差しに、幻でも見ているのかと思えるほど心が奪われた。彼の眼差しは私の存在には気付かないのか、真っ直ぐにシャガールに注がれていた。シャガールから放たれる熱き情熱や想い、憂い、色彩のマジックをじっと汲み取ろうとしているかのような真剣な眼差しだった。彼の瞳は、シャガールを心から敬愛している、そう語っているようだった。その真っ直ぐな瞳に、私はふとどこかで会ったような気がした。けれど、私には若い男性の知り合いなどいないはずだった。……その時私はふと思い出した。それは夢の中の霧を掴むようなおぼろげな感覚ではあったが、確かあの青年はこの美術館にあるカフェのウエイターではないのか。あの時、彼は言っていた。

「僕も、シャガールが一番好きな画家なのです」。慌しい毎日をせせこせこと過ごしていた私にとって、その静かな物腰と優しい瞳が作る笑顔に、懐かしい安らぎを感じたことを思い出していた。静寂に包まれた館内。シャガールの幻想の世界が、大きな力でこの空間を包んでいた。私は彼に話しかけようか迷った。

と、その時、偉大な画家の生み出した群青が、黄色い太陽が、少し離れた位置に立つ私達を強い暖かな気流によって俄かに包み込んでいったのだ。私の感覚は鈍くなってゆく。まるで心地好いワインの酔いのように、その不思議な気流に飲み込まれ、遥かな世界に運び込まれてゆくような感覚があった。けれど、足が重かった。足が床に釘付けになっているようだった。体は舞い上がる寸前だったのに、気流に乗りきれない私の体があった。あの美しい青年は熱い眼差しのままシャガールの描く天窓に手を差し伸べていた。彼の体がふっと宙に舞い上がり、気流に飲み込まれていった。「待って」私はそう言おうとしたのに声が出なかった。「待って」右手を思いっきり伸ばし、必死に彼を呼び止めようとしていたが、青年には私の声は全く届かなかった。その時突然、シャガールの黄色い太陽が神々しい強い光を放ち、私が目を奪われた瞬間、その空間はぱっと消えてしまったのだ。

……夢から目覚めた……。私の心臓はまだ激しく鼓動していた。強い感触の残る夢であった。残像がありありと目に焼き付いていた。そしてその感触が、私の心の中に小さな灯《あか》りとなって残った。

＊＊＊

……生きるとは、きっと、そういうことなのだと思う。

「お母さん、おはよう」

平日の朝、次女は目覚まし時計でひとりで起きる。

「おはよう」

料理をしながら私が答える。

「お姉ちゃんはまだ？」

優希はランドセルを、ソファーの上に置きながら言う。

「まだだよ。ぐっすり寝てる」

「もう、忙しいのに困ったわね。いいわ、朝食の準備ができたから、お母さんが起こしてくるわね。優希、先に食べていて」

私は次女のご飯とお味噌汁をテーブルに置くと、二階の子供部屋に駆け上がった。

目一杯という言葉がぴったりの私の毎日。ゆとりのない四角四面の私の性格、潔癖症で完璧主義がそうさせているのだと思う。専業主婦だろうが、兼業主婦だろうが、恐らく関係ないのかもしれない。

「瑞希、もう七時よ。起きなさい」

長女は寝坊助《ねぼすけ》だ。いつだって時間どおりには起きられない。遺伝子なのだろうか、前夫がまさにそのとおりだった。この頃では肩幅の広い体形までよく似てきている。

「瑞希、遅刻するわよ」

長女は〝ふううん〟と曖昧な返事のまま、起きようとしない。

「もうお母さん、キッチンに戻るからね。起きなさいね」

そう言って、私はまだ布団の中に潜っている瑞希の目覚まし時計を、最大音のスヌーズにして、枕元に置いて下に降りていった。

生きるとは何？　自問自答の毎日。生きる、生活する……恐らく生きることにも、生活を営むことにも、本来、色彩や香りはないのかもしれない。そこに趣や意味、価値を見出すのは、誰でもなく自分自身なのだと思う。

キッチンに戻ると、優希はもう朝食を食べ終わるところだった。

「お姉ちゃん、まだ起きないの？　しょうがないね」

「まったくねえ」

そう言いながら、私は洗濯機置き場に洗い上がった洗濯物を取りに行く。

何でもない毎日、無表情な毎日に色を付けることや、むしろまっさらのままでいられることに幸せを見出せる、享楽を与えられる、そうしたことこそが、生きる意味なのかもしれないと思うのだ。

洗い上がった洗濯物の皺をひとつひとつ伸ばしながら、籠に入れてゆく。瑞希の体操着、優希の給食のエプロン、二人の靴下、下着。

ちっぽけな一人の人間の感情とは無関係に、時の大河は流れてゆく。肉体だけは宿命というりに浮き沈みし押し流され、莫大な宇宙の法則のもとに止まることなく流れてゆく。時間には一瞬、一瞬に価値があるけれど、私の感情は、時に流され時に無視されて生きてゆくのだと思う。

「お母さん、ひどいよう。目覚まし、うるさ過ぎ」

長女がぼさぼさの髪で、やっと起きてきた。

私は洗濯物の入った籠を、リビングの掃きだし窓まで運びながら言う。

「だって、何回起こしたって起きないじゃない。お母さん、朝は忙しいの」

瑞希はぶすっとした顔で言う。

「それにしたって、目覚ましの音、最大にしなくたっていいじゃない」

不機嫌な顔のまま瑞希がテーブルに着くのと同時に、優希が「ごちそうさま」と言ってテーブルを立った。

「ほらほら、瑞希も急いで。優希、食器を下げたら歯磨きね」

「はあい」

瑞希は洗顔に、優希は歯磨きに同時に洗面所に向かう。またもや、朝から喧嘩が始まった。

「お姉ちゃん、ずるいよ。優希が先だよ」

「だって瑞希はこれから食事なんだから、急がないといけないの」

狭い洗面所で二人が揉め合う。瑞希のご飯とお味噌汁をよそいながら私が叱るのもいつものことだ。

「ほらほら、二人とも、いい加減にしなさいよ。時間がなくなるから、仲良く二人で使いなさい」

「だって、お姉ちゃんがいけないんだもん」

「だって、優希がいけないんだよ」

生きることとは、何物でもなく、何物でも有りうる。全てを捨て浮浪者になることも、付加価値を見つけ生きることも人生だ。

私が洗濯物を干し終わる頃、やっと子供達の身支度が終わる。

「二人とも、忘れ物ない？　ハンカチ持った？　ティッシュ持った？」

玄関先で二人が返事をする。

「大丈夫。ちゃんと持ったから。じゃあ、お母さん行ってきます」

いつの間にか仲良くなって、二人がにこやかに私に手を振る。二つ並んだ小さな赤いランドセルの後ろ姿にほっと息をつく瞬間だった。

日常に埋もれ、非日常の華やかさを求めてため息をつくが、今、自分が日常の中で健康であること、家族が健康であることに、当たり前ではない幸福感を得ることだってできるはずだ。人は失ってから初めてその価値に気付くのかもしれない。

私は、いつも同じ自問自答を繰り返す。悟りきれない幸福論。振り返っても仕方のない過去への自責の念。私の天使達、ごめんね。そして、ありがとう……。私は元気な子供達の背中に伝えた。

第四話　シャガール

いつもの道を私は自転車で会社へと向かう。小さな市街地を走り抜ける。私がシャガールの絵画が好きなのは、彼の作品が非現実的で、無限で、自由で、幻想的だからだ。私がシャガールについて知っていることは、彼がロシア出身のユダヤ人であること、ユダヤ人であるが故に画家となることが非常に困難であったこと、彼は同じユダヤ人の女性ベラ・ローゼンフェルトを純真に愛し尊重していたことだ。彼女への深い愛を描いた作品は、何十枚も残されているが、最愛の妻とも彼が六十歳になる前に死別してしまったそうだ。

タイムカードを押す。一日の仕事の始まり。電話応対をし、パソコンを叩き、得意先の請求書の発行をする。いつもの事務所内、いつもの顔ぶれ。そしてやんわりと暖かな陽射し。これでいいのだと思う。請求書の封を何通も閉じながら、私はふと渋谷の得意先の近くにある、あの蔦の絡まる美術館を思い出していた。あの空間だけが昔と変わらずあの温かな空気が、私に個人である私自身を思い出させてくれたのだ。殺伐とした社会の中で、流れに乗れるように、また流れに流されないように、必死に忙しくシングルマザーとして生きていた私に、私らしさ、素の自分を思い出させてくれた場所だった。自分らしさとは、なんと豊かな言葉だろうか。自分らしい人生とは、なんと幸福に溢れた生き方だろうか。

私は封書に切手を貼りながら、次の集金日にはきっとあの美術館に立ち寄ろうと決めた。

微かでも心の豊かさを模索したい自分がいた。それが水溜りに零れる一滴の香水であったとしても、私はその香りを、その空気を吸ってみたいと思ったのだ。

＊＊＊

今日は小雨交じりの日だった。月末、社長からいつものように集金を頼まれる。

「天気が悪いのにすまないね」

「いいえ、仕事ですから大丈夫です」

そう言って私は午後一時に、会社を出た。いつものように埼京線に乗り、渋谷に向かう。

車窓から見える空は、まだどんよりしていたが、先ほどまで降っていた雨は上がったようだった。

渋谷駅の南口に着いた。私は期待と少しばかりの不安を抱え、美術館を目指して歩き出した。行き交う人々、通り過ぎる車、私の目指す場所は、もう目の前だった。やがてアイビーに覆われた塀が見えてきた。雨に濡れたせいか、どの葉も艶やかだった。塀から一歩中に入ると、湿気を含んだ空気からほのかな土の香りがした。経年の劣化がみられる赤レンガの階段を三段上る。私は休館日でないことを願いながら、海老茶色の所々錆の出ている鉄枠のガラス扉から中をそっと覗いてみた。灯りは点いている。受付に中年の女性が座っているのが見えた。私はほっとして、その重い扉をゆっくりと開いた。

そこには静寂が広がっていた。音も匂いも存在しない。受付の女性以外に、人の気配は全く感じられなかった。カウンターに鑑賞料が大人七百円、子供五百円と表示されていた。私は大人一枚と言って、千円札を差し出した。その中年女性はおつりと小さなチケットを差し出すと、「ごゆっくりどうぞ」と言って、静かに微笑んだ。私はその笑顔を見て、思い切って尋ねてみた。

「あの……、シャガールのリトグラフは、まだ展示されていますか？」

私は、小さく切り取られた窓口をじっと見つめ、その女性からの返答を待った。

「ええ、一番奥の赤い絨毯の間に展示されていますよ」

その女性は微笑んで言った。私はほっとしてお礼を言うと、足早に右手の廊下を真っ直ぐに奥に進んだ。赤い絨毯の間と女性は言った。それは二十年前と同じだった。私の心は高揚していた。あの『エッフェル塔の新郎新婦』は、変わらず金箔の額縁に飾られているのだろうか。あの『彼女をめぐりて』のシャガール独特の群青に、また深いノスタルジーを感じることができるのだろうか。そして『華燭』の凝縮されたシャガールの幻想の世界に、再び魅了されることができるのだろうか。紺の絨毯の間を過ぎると、そこには見覚えのあるアングルが広がっていた。私の心臓は高鳴った。

アーチ形に切り取られた天井をくぐった。あった。あの頃のまま、スポットライトを当てられたようにシャガールのリトグラフが、鮮やかに光り輝いていた。時が止まる。一気にタイムスリップする。そこには、二十年前の空間がそのまま輝いていた。偉大なシャガール。あなたの幻想の世界に、私は再びやってきました。シャガールの絵画は、他の美術館でも鑑賞することはできる。けれど、この場所に輝くシャガールは、私にとって特別なものだ。初めてシャガールに出会い、シャガールの世界に魅了され、私の心はこの場所で何度も癒されてきた。だからこの空間は、その配置も、赤い絨毯も、光も、空気も、匂いも、みんな私の心と一致するのだ。シャガールののびやかさが好きだ。深く切ない群青が好きだ。遠い日の懐かしい陽だまりに、私の心は途方もなく癒されていた。私の瞳から涙がこぼれていた。……どうしてだろう……。たぶん……、今の私は満たされていないのだ。たぶん……、見えない不安にいつも怯えているのだ。悟りきれない幸福論。振り返っても仕方のない過去への自責の念。私はどれほど不完全な人間なのだろう。こうしてこの場にいる自分。現実の水溜りに足を浸かせながら、過去の癒しに顔を上げ、芸術の光り輝く世界を仰ぎ見る。ひと時の夢だ。私の瞳から止め処なく静かに涙が流れていた。

深夜、突き刺すような胃の痛みで目が覚めた。私は一人布団の中で、陣痛のように波打ちながら襲ってくる痛さに悶えていた。時折頭の中では、この激しい胃痛の原因をあれこれと探っていた。はて、今日の夕食は何を食べただろうか、夕食が原因だとすれば、子供達は大丈夫なのだろうか。襲ってくる痛みに耐えながら、私は同じ部屋の二段ベッドで眠っている子供達の様子を、闇の中でじっと窺っていた。どうやら子供達は、すやすやと眠っているようだ。私は、痛みに耐えながらも安堵した。

時計の針は、夜中の一時半を指していた。次第に痛みは、気持ち悪さに変わっていった。と思った矢先、私は突然強い吐き気をもよおし、布団を跳ね除け、慌ててトイレに駆け込んだのだ。嘔吐をしても、その気持ち悪さは治まらなかった。寒さと不快感に耐えながら、私は寝室に戻ろうとよたよたと廊下を歩いていたが、再び強い吐き気をもよおし、慌ててトイレに駆け込んだ。嘔吐を繰り返しても、体調は一向に良くはならなかった。三度目にトイレから出た時には、私は貧血状態になっていた。目の前が真っ暗になり、私はそのまま廊下に座り込んでしまった。一体、私の体はどうなってしまったのだろうか。寒い深夜に一人、激しい痛みと気持ち悪さに襲われ、私は自分の脆さを実感していた。このまま倒れるわけにはいかない。私は必死に寝室まで戻り、まだ温もりの残る布団の中に潜り込んだ。少しうとうとと眠りかけたが、またも吐き気でトイレに駆け込み、結局その夜は明け方まで胃痛と嘔吐と下痢は治まらなかったのだ。

朝七時、私を揺り起こしたのは、次女の優希だった。

「お母さん、もう七時だよ。起きてよ。学校に遅れちゃうよ」

優希は不満一杯の顔で、私を見つめていた。

「ああ、優希。ごめんね。お母さん、具合が悪くて、今日はとても起きられそうもないの。優希、お姉ちゃんを起こして、二人でパンをトーストして食べてくれる？」

私の弱々しい声を聞いて、優希の顔はとたんに不安で一杯の表情になった。

「お母さん、大丈夫？　お母さん、大丈夫なの？」

　そう言いながら、優希は私の布団にしがみ付いた。私がこんなふうに寝込んでしまうのは、シングルになってから初めてのことだったので、優希にはとても心細く思えたのだろう。

「心配かけてごめんね、大丈夫よ。優希、お願いね。お姉ちゃんを起こして、二人でちゃんとパンを食べて、歯磨きをして学校に行ってね」

「うん、わかった。でも、お母さんは本当に大丈夫？　優希やお姉ちゃんが、学校に行っちゃっても、本当に大丈夫なの？」

「大丈夫よ。だから、二人とも遅刻しないように、ちゃんと準備して行ってね」

「うん、わかった。お母さん、がんばってね」

「優希、ありがとうね」

　私は優希を安心させるため、右手を差し出し、彼女の小さな左手を握り締めた。優希は笑顔を見せてくれた。

　その後、長女も次女も私の言い付けどおりに、二人で簡単な食事を済ませ、身支度と学校の準備をしながらも心配そうな顔をしていたが、家を出る時間になると渋々登校していった。

静かな午前九時。いつもなら会社に出社している時間だった。早々に会社にお休みの電話連絡を済ませ、今は静かに布団の中で横になっていた。症状も今は落ち着いている。明け方飲んだ胃腸薬の頓服が効いているようだ。瑞希が心配そうな顔で、枕元にレトルトのお粥とお茶を置いて行ってくれた。子供達の成長が心を和ませてくれた。私は良い母親になりたいとつくづくと思った。症状が落ち着いてきた午前十時頃、私はいつしか深い眠りについていた。

……深いロイヤルブルーの絨毯、私が立っているその場所はあの美術館だった。先月、渋谷のあの懐かしい美術館を見つけて以来、私は取り憑かれたようにあの美術館の夢ばかりを見ていた。それは私にとって、あまりに特別な場所だからなのであろうか……。私があまりに寂しい生き方をしているからなのであろうか……。

第五話　夢

　ここは二階のフロアーだ。私は以前に見た無名の作者の『午後のテラス』の絵を探していた。その作風がシャガールに似ていたからか、あるいは縛られないのびやかさに惹かれたからなのかわからないが。けれど、そのフロアーは私の期待を裏切りすっかり様変わりをしていた。私は後ろ髪を引かれる思いで大理石の階段を下りながら、ふと受付に目をやった。この間会った受付の中年の女性はいるのだろうか。階段を下りきり、カウンターに目をやると、やはりあの女性は座っていた。彼女は私に気付くと、軽く微笑んで頭を下げた。私も慌てて会釈をした。一階の受付の奥には、カフェがある。私が何気なくそのカフェの前を通り過ぎようとした時、入り口に置いてある観葉植物越しに、私はあの『午後のテラス』の絵を見つけたのだ。白い壁に飾られた深紅の服を着た婦人。私は思わずカフェに足を踏み入れていた。そして、そのまま無意識に空席に腰を下ろし、壁の『午後のテラス』の油絵をじっと見つめていたのだ。穏やかな色調のアンニュイ。のびやかさ。感性の豊かさを感じた。しばらくして、ウエイターがテーブルにやって来た。

「ご注文は、いつものアッサムミルクティーとスコーンで宜しいですか？」

私は、はっとして声のする方向を見上げた。

「あなたは？」

その声の主はあのウエイターだった。私は戸惑いながらも頷いていた。

「あ、ありがとう。……あの、あの絵はどうしてここにあるんですか？　以前、ここの二階に展示してありましたよね」

彼は一瞬驚いた顔をした。

「よくわかりましたね。二階の絵は一ヶ月契約で入れ替わるんですよ。館長のご好意でここに飾ってくれているんです」

彼は少しためらうように話を付け加えた。

「……実はあの絵、僕が描いたものなのです」

「ええっ？」

私はとても驚いた。彼ははにかんだ笑顔を見せた。

「素敵ですね。実は私、あの絵がとても気に入っていたんです。それが二階のフロアーになかったから、がっかりしていたところだったんです。でも、良かった。ここであの絵を観ることができて」

彼の瞳が優しく微笑んだ。

「そんなふうに思ってもらえて光栄です。実は僕、美大生なんですよ」

その時私はふと、熱い眼差しでシャガールのリトグラフをじっと見つめていた彼の美しい表情を思い出していた。

「そうだったんですか。それで、ここでアルバイトをされているのですね」

「ええ」

やはり彼の瞳はとても綺麗だった。

「私も絵が好きです。だから絵が描ける人が本当に羨ましい」

「あれくらいの絵は、美大生なら誰でも描けますよ。僕なんてまだまだです。絵が描けても、それが多くの人の共感を得ないと意味がないですから。でも、ありがとうございます。僕の絵を気に入ってくださって。それでは、ご注文のアッサムミルクティーとスコーンをお持ちしますね」

彼が微笑む。

「ありがとう」

私も微笑む。私は再び彼が描いたという絵を眺めた。彼の温かな人柄や繊細な才能が柔らかく伝わってくるようだった。綺麗な色彩のカフェテラスの油絵が、ここのカフェにとても似合っていた。居心地の好い飾り過ぎない自然な空間。あの青年から流れる空気は、穏やかさと優しさを持っていた。自分の好きなことが生活の中心にあるということは、自分自身が真に生きているということなのだと思う。自分らしく生きることの難しい世の中だけれど、自分の人生を誠実に生きるということは、人の心を豊かにし、夢や希望に溢れた生き方なのではないかと思う。ここに居ると心が落ち着くのは、たぶん私がありのままの私に戻っているからなのではないだろうか。しがらみから離れ、どんな立場でもなく、何歳でもない、魂が存在するがままの自己。私の魂の形と色彩のあるがままの私なのだ。人はみな個性を持っている。人はみな、自分にあった居場所を求めているはずだ。

やがて、再び彼がティーカップとスコーンをお盆に載せやって来た。

「ティーカップは熱いのでお気を付けください」

彼のきれいな指先が、私のテーブルにボーンチャイナのカップとスコーンのお皿を並べた。筆を持つ手、あののびやかな絵を描く美しい手だ。私は食器を運んでもらうことが、とてももったいなく、申し訳ない気持ちで一杯になった。

「あの、もし良かったら、この後食事でもしませんか？　僕、あと三十分でバイトが終わるんです」

彼は、はにかんだように微笑んだ。私は予想もしなかった言葉にとても驚いていた。出会ったばかりの青年から食事を誘われることは初めてだった。彼の表情は誠実そうに映った。

「そうですね。私も絵画の話をいろいろ教えてもらいたいし、お食事しましょうか」

そう私は答えた。彼の瞳が優しく微笑んだ。

「良かった。じゃあ、ここで待っていてください」

私は微笑んで頷いた。照れくさい気持ちを感じながら、彼が注いだ熱いミルクティーを啜った。口に含まれたそのお茶は濃い茶葉の味わいと芳醇な香りを放ち、私をはっとさせた。濃厚なミルクも、茶葉の香りと深みを消すことがなく、まろやかに調和していた。茶葉と熱湯の分量、抽出時間が実に私好みで丁寧に紅茶を入れてくれたことがわかる。好きな絵画に囲まれ、おいしいお茶を飲む。それはとても贅沢で、幸せな時間だった。正に至福のひと時と言えた。遠い昔には、私にも時々こんな贅沢な時間が傍らにあったのだ。

彼が私の席にやって来たのは、三十分より少し前だった。

「お待たせしました」

私服の彼は清潔感がありセンスも良く、まさに大学生という感じがした。私は立ち上がりながら「いいえ」と言った。伝票を取ろうとすると、彼がすっと伝票を取って言った。

「このお茶代は僕のおごりです」

「そんな、悪いわ」

「いいんです。それで食事をおごれなんて言いませんから」

私達は微笑み合った。

美術館から表に出ると、まだ太陽は明るく輝いていた。街の風景の中で見る彼は、とても若く初々しく美しかった。私は、私はどんなふうに見えるのであろうか、ふと心配になってショーウィンドーに目をやろうとした。けれど行き交う学生やビジネスマンに遮られ、ガラスに映る自分の姿を見ることはできなかった。その時彼から「食事はイタリアンでもいい？」と聞かれ、私は戸惑いながらも「ええ」と頷いた。彼と歩調を合わせながら歩く人ごみの歩道。私は何度かショーウィンドーを覗こうと試みたが、ガラスに映るのは背の高い彼だけで、その姿は誰よりも美しく輝いて見えた。

　彼が誘ったお店は、南イタリア風のレストランだった。赤いチェック柄のカフェレースカーテンとテーブルクロスがお揃いで、テラコッタのインテリアが素敵なお店だった。店員は私達を窓側の席に案内した。席に着くと彼は私にメニューを差し出し、好きな物を頼むように言った。私は迷いながらも海老のペスカトーレとシーザーサラダを注文し、彼はラタトゥーユとシーフードサラダを注文した。

「ワイン、飲めますか？　ここのフルーティワインがおいしいですよ」

　と彼が言う。私が頷くと彼はワインを一本追加した。

「あっ、そうそう。今度、横浜の美術館でシャガールの美術展があるんです。パリの国立近代美術館、ポンピドゥー・センターの作品が十数点来るそうですよ」

　横浜の美術館、パリの国立近代美術館で保有するシャガールの作品。

「パリの作品が？　それは凄いですね。……そう言えば、あなたの作品もどこかフランスの雰囲気を感じるように思うんですけど、あのカフェにある油絵は、どこで描かれたものなのですか？」

「あれは夏休みにフランスに行った時にスケッチしたものなんです。大学の交換留学の制度を使って一ヶ月ほどフランスに滞在しました。シャガールが第二の故郷としたフランスに行ってみたかったんです」

　彼は実に生き生きと語った。

「僕はパリが好きです。都会だけれど、落ち着きがあって自然も生かされている。パリでは今でもアフタヌーンティーの習慣があって、時間を大事に過ごすんですよ。芸術家達はそこで、仲間と芸術論や精神論を語り合うんですね、きっと。僕がフランス語が堪能なら、そんな贅沢な時間も持てたかもしれないですけど……」

　注文の品が運ばれてきた。ウエイトレスがグラスにフルーティワインを注ぐと、甘酸っぱい香りが微かにテーブルに漂った。

「ワイン、どうぞ」

　彼は自信のある顔つきで、私にワインを勧めた。普段お酒を飲まない私は、少し緊張しながらシャンパンゴールドに光る白ワインを一口含んだ。甘酸っぱい香りとまろやかな甘みが口の中にふわっと広がり、とてもおいしく感じられた。

「どうです?」

　と彼が聞く。私は思わず頷きながら「おいしい」と答えた。彼も微笑みながら口に含んだ。

「さあ、温かいうちにお料理も食べましょう。ここのパスタはおいしいですよ」

確かにその店の料理は、ペスカトーレも味わい深くとてもおいしかった。

「パリに一人で留学だなんて凄いですね」

私が言った。

「交換留学制度を利用したから苦学生の僕でもフランスに留学することができました。でも、また行きたくなりますね、パリは。アルバイトをたくさん詰め込んで、また行けたらいいなあ。今度は自由気ままな一人旅がいいなあ」

彼は私のグラスにワインを注《つ》ぎ足し、続いて自分のグラスにもワインを注いだ。

「モンマルトルの丘には、段々畑に小さなぶどう園がまだあるんです。芸術家達が好んで住んでいた街、聞いたことあるでしょ。彼らがよく通っていたカフェや、共同生活をしていたアパートメントが、今もそのままの形で存在しているんです。凄いですよね」

彼の瞳がきらきらしていた。

「彼らはそこで、毎日何を語り、何を思い、何を感じて、数々の作品を描いていたんだろうかって思うんです。彼らの栄光は大概、後世になって訪れている。生前は戦争に翻弄され、政治的批判や貧困に虐げられていた。決して順風満帆な生活ではなかったんです。そんな中で自分の思いを貫くということはとても強い意思だと思うんです。心を曲げない強い信念や、感性を曇らせない芸術的才能はやっぱり人間として成熟していないと叶わないことですよね。人の心に響く作品はそういうところから生まれてくるんだと思うんです。……僕なんてまだまだだなあと、いつも思うんですよ」

「そんなことないと思います。経験を積むことは大きなエネルギーになるけれど、初心の新鮮な力に溢れた感性も大事だと思うんです。人生にはどの時代にも『光』があるでしょう。そんな『光』を集めながら人生を刻み、輝やいてゆける画家が本物なのだと思うんです」

「そうですね。良い言葉だなあ。絵を描いていていつも思うことは、自然の中の色彩は本当に奥深く、どれひとつ偽りがないということなんです。パレットの中で生まれる色は、自然に追いつこうとするけれどとても叶うものではないです。天地創造の神は実に完璧に、一部の無駄もなくこの世の全てのものを創ったのだと、自然を知れば知るほど感心するばかりです。それがいつも僕にとっての大きな刺激になるんです。もっと自分の感性や視野、技術を磨いて、新たな領域を感じてみたいと思うんです。自然の中に有する物の本質を心で感じ、審美眼で描いてゆく。芸術を自然の一部として融合させたいと。その中に存在する人間も人間の感情も然り、このちっぽけな自分がどこまで表現できるのかわかりませんが、芸術という神懸りな領域を行けるところまで行ってみたいと思うんです」

　そう熱く語った彼が、ふっと肩の力を抜いて笑った。

「あっ、僕、なんだかちょっと語り過ぎてますね」

「ううん、そんなことないです。素敵な話です。私はそんなお話が聞けて嬉しいです」

　彼のはにかんだ笑顔が可愛らしく思えた。そして彼の情熱が、私を嬉しくさせていた。

　繊細な指先でゆっくりとワイングラスを手に取ると、微笑んだ唇でワインを一口飲んだ。

「パリではあちこちの街角で、無名の画家と出会います。みな自分の価値観に誇りを持ち、生き生きとした表情で筆を動かしているんです。彼らにとって、今、描いている一枚のカンヴァスが、正に彼らの夢であり、希望であり、彼らの未来そのものなんだと感じたんです」

　彼の語る言葉は、繊細なメロディーを奏でているようだった。彼はなんて真摯に語る人なのだろうか。それは、彼が真の芸術家だからなのか、彼が卓越した人だからなのか。恐らく彼の心の中には、猜疑心や怒り、嫉みなど存在しないのではないだろうか。常に純粋で、誠実で、時に情熱的に、彼らしく時を刻んでいるのではないだろうか。穏やかな空気を湛える彼は、悲しみも失望も、全て心の奥底でじっと受け止めるのであろうか。彼の心の泉をそっと覗いてみたい思いになった。人の魅力はほんの一瞬の表情の中に凝縮されて現れたりする。一瞬、一瞬に、その人の人格が散りばめられている。だから私は、彼が語る話とその表情にじっと五感を研ぎ澄ます。

「絵が描ける人が羨ましいな……」

私の願望だった。私はワインを一口、口に含んだ。甘酸っぱい味が舌の上に広がった。

「さっき話した横浜の美術展、良かったら一緒に行ってみませんか？」

彼の優しい微笑み。それは、まるで私を芸術の世界へと導いてくれるようであった。

「混んでいるとは思うけど、シャガールのオリジナル作品を観られますよ」

これは夢だ。

「ええ、でもいいのかしら？」

「もちろん」

これは夢の世界なのだ。彼の私を包む瞳に恥ずかしさを覚え、私はワイングラスに視線を移す。彼の言葉に寄り添い、彼の存在に酔う。私はまるで恋する乙女だ。四十年生きながら、今の私は二十歳の少女そのものだった。夢だと思いながらも、今はただ嬉しくときめく自分がいた。駅への帰り道、彼が言った。

「僕、あの美術館に忘れ物をしたので、ちょっと寄ってから帰ります」

「あら、それなら私も一緒に行きます」

彼は微笑み「ありがとう」と言った。

私達は今再び、渋谷の美術館に戻った。彼の手には、シャガールの横浜美術館のパンフレットが握られていた。

「このパンフレットの表紙に使われている絵は、ここに展示されているシャガールのリトグラフのオリジナル版です。この絵はシャガールが亡くなった奥さんを偲んで描いた絵だということは、ご存知ですよね」

それは『彼女をめぐりて』という作品だった。

「最愛の妻ベラが亡くなって、一年後に描かれたものなんです。ぼんやりと描かれた赤い服の婦人がベラで、左の画家はシャガール自身です。絵の中の彼の頭が不自然に後ろを向いて描かれているのを不思議に思いませんでしたか？　頭部を後ろ向きに描写することによって、現実を見ることのできない彼の深い悲しみ、絶望を表現しているそうですよ」

彼は額縁に納められた大きなシャガールのリトグラフの前に立ち、じっと見上げていた。

私は彼の手に握られた小さなパンフレットの『彼女をめぐりて』に描かれたシャガールの表情を見つめ、再び彼が見上げる壁に掲げられたリトグラフの首を曲げたシャガールを見つめた。

「中央の少女は、愛娘のイダです。彼とベラを繋ぐ愛娘イダが天使で描かれている。彼女に持たせた丸窓は、現実と幻想の世界の境。ベラのいない現実から目を背けたいシャガールの心情を表現しているんです。心を閉ざしたい現実の世界と、ベラのいた頃の幸せだった世界とを隔てる時間。彼にとって虚しい目の前の現実は、受け入れ難い世界でした。彼には愛が全てだった。ベラが全てだったんです。この絵によってシャガールはベラがこの世に存在しないという苦しみを、新たな形で受け入れようとしたのだと思うんです」

「そうですね。人は切ないとわかりながらもその悲しみと痛みに留まりたいという気持ちがありますね。その痛みがその大切な人との繋がりだと思うから。そうやって繋がりを消さないように痛みで確かめているのね、きっと」

私も彼の隣に並び、群青と深紅の入り混じるリトグラフを切ない思いで見つめた。

「僕にとって、シャガールは本当に憧れの人なんです。彼はとても人間愛にあふれた画家で、作品にはいつも『愛』が溢れている。自分の育った貧しい故郷や、牛、鳥、太陽、月、それらは彼がとても愛したものだった。けれど、彼は故郷を愛しながらも、彼がユダヤ人であるがために戦争に巻き込まれ、ロシアの地を追われアメリカに移住し、馴染めなかったアメリカの異国で、最愛の妻ベラを亡くしてしまったんです」

彼が語るシャガールの半生をじっと心で受け止める。

「生きることへの不安、生活することの苦労、最愛の妻の死、やっと絵が売れるようになった頃には、愛弟子の裏切り。そんな人生が彼をある境地へと至らせたのかもしれない。晩年に彼は、聖書画を描き綴っているんです。あの彼独特の優しい画風で」

彼の半生が、断片的な画像となって私の脳裏に映し出された。偉大なマルク・シャガールの心の機微を、私はその断片的な場面の中から、一つ一つ拾い上げる。偉大なシャガールの絵の下で、私は彼がシャガールを語った言葉を、心の中で繰り返し描いていった。

頭の中がぐるぐる廻るようだ。あのいつか見た夢と重なる。彼の真剣な美しい眼差しと、偉大なシャガールの切ない群青、黄色い太陽。宙を舞う恋人達。全てが頭の中でぐるぐると廻っていた。暗闇の中複雑な弱い光を放つ万華鏡のように、それらの存在は次第に遠のきながらも、なおも私の視覚を奪うようにぐるぐると廻り続け、やがて暗闇の中の小さな点となっていった。

第六話　イカロスの翼

私が深い眠りから覚めたのは、午後二時過ぎだった。夢から覚めた私は、濃霧の中から救い出された人のようにおぼろげで、でも確かな真実の欠片《かけら》を得たような微かな高揚感もあった。不思議な気持ちだった。

私は再び時計を見た。間もなく子供達が帰ってくるだろう。今日の夕食は、少しはまともな物を食べさせてあげなくてはと、私は布団から起き上がり、上着を羽織った。ちょうどその時、子供達が学校から帰ってきた物音がした。とんとんとんと、階段を駆け上がる音がすると、寝室の扉が勢いよく開き、あどけない子供達の顔が二つ飛び込んできた。

「お母さん、元気になったの？」

「もう、起きて大丈夫なの？」

少し心配そうな表情だった。

「大丈夫よ。あれからお母さん、ぐっすり眠ったからもう大丈夫。心配かけてごめんね。

さあ、お腹空いたでしょう。何かおいしいもの作るわね」

「わあい」

二人の明るい笑顔は、私のビタミン剤だ。私の大切な小さな家族。これが私の幸せなのだと改めて実感していた。

＊＊＊

その夢は、輝きを放つ。

「どうしてシャガールが好きなの？」

と彼が聞く。

「写実的な絵には、あまり魅力を感じなくて。シャガールの絵は幻想的でしょ。心をとても自由に表現しているし、そののびやかさや大らかさがとても好きなの。……自分にはないものだから、憧れるのかな」

「そうだね。僕もそういうところに惹かれたんだと思う」

私達は、横浜の美術館に向かう電車に乗っていた。あのパリ国立近代美術館、ポンピドゥー・センターのシャガールの作品が数十点も展示されているのだ。横浜に向かう電車に並んで座っている。彼が隣にいる。電車の走行音が、窓の外の景色と共に流れてゆく。やがて電車は私達を目的地へと運んだ。駅から美術館はすぐ目の前だった。

「やっぱり混んでいるね」

彼は残念そうに言う。

「でも、平気よ。私、待つのも嫌いじゃないから」

私達は列の最後尾に並んだ。並んだその場所から遠く青空の中、観覧車が見えた。

彼は、列の前方を眺めていた。薄茶のさらさらとした髪。腕時計を付けた男らしい手首ときれいな指。これは私の幻想なのだろうか。私達を繋ぐのは、あの偉大な画家マルク・シャガールだけだった。

「絵を観たら、海の方へ行ってみる？」

嬉しい彼の誘い。

「うん。それから、あの観覧車にも乗りたい」

「いいよ」

彼は優しい瞳で微笑む。彼は幻想の中の人だから穏やかで優しいのだろうか……。

私達がやっと入館できた頃も、どこから集まってきたのかと思うほどの人々が館内にひしめき合っていた。出展品の前に二重にも三重にもなった列を見ると気持ちが萎えたが、彼は私が少しでも作品をよく観られるようにと気を遣ってくれているのがわかった。

「大丈夫？　観える？」

「うん、なんとか」

私は背伸びをしながら答えていた。

少しずつ列は進んでいたが、なかなか私達はお目当ての作品までたどり着くことはできなかった。人に揉まれながら列が徐々に奥に進み、いよいよ念願のシャガールの肉筆画に近づき始めた頃、幾重にも連なった列は更に複雑に重なり合い、煩雑な群集の中で私は息苦しさと彼と逸《はぐ》れやしないかという不安が募っていた。ふと私の手はしなやかな手の平に包まれた。大きな手から伝わる体温、彼の存在感。私はどきどきしながら、彼の薄茶のさらさらとした後ろ髪を見つめた。波打つ心臓。私はシャガールの肉筆画を、壁に沿って目で追いながらも、その意識は彼が包むその手に集中していた。その時、思いがけず彼の足が止まった。私は彼にぶつかりそうになり、慌てて体勢を保った。彼の横顔を見上げた。その顔は、とても情熱的な瞳でシャガールの絵画を見上げていた。全ての音が消え、全ての観衆が消えた。私はその眼差しを見つめながら、彼が強く握るその手の意思に戸惑った。シャガールと彼しか存在しない世界は、時間を超越した宇宙の空間のようにも思えた。彼を見つめる私は別世界にいるように実体がなかった。彼の澄んだ瞳が真っ直ぐにシャガールに注がれ、シャガールの絵画から溢れる情熱も、真っ直ぐに彼に注がれていた。私はその不思議な光景に惹きつけられた。眩い金色の光が彼とシャガールを幾筋も繋いでいた。

美術館を出た私達は人混みを避けて歩き出した。

「お腹空いたね。この先に眺めの良いフレンチレストランがあるんだ。行ってみない？」

彼の言うそのお店は、緑の中の小高い丘の上にあった。私達は二階の窓際のテーブルに座ると、そこからは横浜港が一望できた。青空は澄み、群青色の海が清々しく広がっていた。

「素敵ね」

「そうでしょ。ここに来ると海外に一歩近づいたような気持ちになるんだ」

彼は果てしのない海を、目を細めて見つめる。私も彼の視線を追って、水平線を眺めた。

「ラストに展示されていた彼の作品を覚えている？『イカロスの墜落』。僕の好きな作品の一つなんだ。あの作品はシャガールが九十歳の晩年に描いたものなんだ。イカロスの翼は、古代ギリシャ神話でも有名な話だよね。シャガールはそんな作品を九十歳で描いていた。人は己の未熟さを忘れることなかれって、晩年にそんなメッセージを伝えていたんだ」

それは彼が足を止め、じっと見つめていた油絵だった。二メートル四方の白を基調とした『イカロスの墜落』。彼独特の優しい色使いと画風で描かれており、童話的とさえ思えるその絵の世界に、深いシャガールのメッセージが込められていた。そう、いつか彼が言っていた。画家は魂で絵を描き上げる。喜びも悲しみも、魂の叫びとなって筆を動かす。私は彼が語る理想に、感性の世界に、強く惹かれ感化されてゆく。やがて私は身動きができないほどに、彼一色に染まってしまうのかもしれない。

けれど、やはりこれは幻想の世界なのか。私が私の中で自分の理想郷を勝手に描いているだけなのだろうか……。感触が時空を泳ぎ、重力がなくなる瞬間と、時間が歪む一瞬を私の体は感じていた。私は一体、どこを彷徨《さまよ》っているのだろうか……。

闇の中で、私は微かな潮のかおりを感じていた。ふと目を開ければ、私と彼は観覧車の中で向かいあって座っていた。ゆっくりと昇ってゆくゴンドラは、青い海の景色と、澄んだ青空の景色を、私の眼前にパノラマのように見せた。小さくなってゆく地上を見下ろし、自分自身が変われることを期待した。青空をバックに陽射しを浴びた彼の薄茶の髪が光る。彼の笑顔が眩しかった。静かで穏やかで、何の不安も感じることはなかった。共感できる価値観。自分を高めてくれる人間性。私はこんな関係を、こんな時間をずっと探していた気がした。シングルマザーになって夢中で走り続け、息切れする気持ちに、様々な後悔の思いが覆いかぶさり、私は今にも壊れそうだった。愚かな自分を蔑み、何も持たない自分を情けなく思い、前を向き歩くしかないと自分を戒めてきた日々だった。

あの頃、自分達で築き始めた結婚生活は、夢や期待に溢れていたはずだった。けれど、価値観が狂い始め、お互いに不満を募らせていった日々。穏やかな心は消え去り、未来の見えない家庭となっていった。私も前夫も、幸せになりたかったはずだった。平穏な温かな家庭、信頼できる家族を望んでいたはずだった。けれど、お互いに道を踏み間違えてしまったのだ。私達の気質は違い過ぎた。調和など初めから望めなかったのだ。お互いに大きな傷を背負い、貴重な時間を失い、可哀想な思いをさせてしまった子供達。私がどんなに頑張ろうとも、あの子達の心の奥にある寂しさは埋めてはあげられない。あの子達は優しいけれど、きっと大きな寂しさをいつも抱えているのだ。私は罪深い母親だ。

優しい彼に気付かれぬよう私は涙を拭おうとしたが、一度溢れ出した涙は堰を切ったように止め処なく流れ、容易に納めることができなかった。彼は何も聞かず黙って私の隣に座り、そっと髪を撫でてくれた。彼から伝わる優しい思いが、柔らかな柑橘系のコロンの香りと混ざり合い、私の心は次第に穏やかさを取り戻していった。

「綺麗な景色だね」

彼の陽だまりのような優しい声が好きだ。

頂上まで登ったゴンドラは、雲ひとつない無限の世界を映し出していた。まばゆい世界だった。まるでイカロスの翼で羽ばたき舞い上がった世界のようだった。『己の未熟さを忘れることなかれ』、シャガールが囁く。まさにそうだ。私には、まだまだ超えられない心の未熟さがある。

大きな観覧車はゆっくりと、今度は地上に向かって舞い戻っていく。一秒、一秒、私達の乗ったゴンドラの下の地上の有様は、はっきりとした輪郭を取り戻していった。

私は、今を、現実を、受け入れなければいけないのだ。間違って歩んできてしまったとしても、この現実を、シングルマザーの今の立場を受け入れなければいけないのだ。廻り続けるゴンドラを降り、地上に足を下ろせば、冷たい砂利のような現実が私を待っている。

立ち止まれば足がのめり込み、尖った砂利が私の足を刺す。

「早くおいで」

顔を上げるとそこには、先にゴンドラを降りた美しい彼が立っていた。

「立ち止まっては駄目だよ。さあ、早くおいで」

これは夢なのか、現実なのか……。私は確かな足の痛みを感じながら、彼の笑顔を見つめ、差し出された彼の手を見つめた。

「じゃあ、港の見える丘公園へ行こう」

優しく握られた手の平からは彼の体温を感じることができるのに、心許なさは拭いきれないままだった。私の頭は再び時空を彷徨い始める。浮遊する暗闇の中、微かなコロンの香りが脳に流れた。それは切ないほどに、彼の存在を私に感じさせたのだ。

強い橙色が閉じた瞼からも感じられた。そっと眼を開けると、太陽は西に傾きかけ、遥かな空を美しいオレンジ色に染めていた。波立つ群青色の海さえも橙の雫に染まり、その上を黄金のかもめが低く飛んだ。

そんな綺麗な景色に眼を奪われていた時、心にふと子供達の歌声が蘇ってきたのだ。

『心が寂しくて
一人で泣いた夕暮れがあった
失敗した自分
夜を迎えるみかん色の空がきれいで
少しだけ時間が止まった
うんと泣いたら
心が空っぽになっていた

明日には新しい空が広がる
新しい自分にきっと会える
だからあなたは大丈夫
誰かが囁いた
明日には泣いた自分さえ
きっと好きになっている』

それは瑞希の歌声、優希の歌声なのか……。

明日には新しい空が広がる。新しい自分に会えるかもしれない。だからあなたは大丈夫って誰かが囁いた。私は心の中で繰り返した。隣に寄り添い海を見つめていた彼が、私に微笑みかけた。潮風にかもめの鳴き声が舞う。彼は私の肩をそっと抱き寄せ唇を重ねた。彼の体温を伝える柔らかな唇。彼の温もり、優しさ、全てが愛おしく、そして切なくもあった。瞳を閉じた私の体に、一瞬、一瞬が刻まれてゆく。確かな彼の存在。彼は一体誰なのだろう……。私は本当に私なのだろうか……。彼はもしや大天使ガブリエル？　それとも彼はシャガール？　私は一体どこにいるのだろうか……。

私は彼の両腕に包まれていた。

「寒い？　震えているね。もう夕暮れだから、陸風が吹くんだ……」

彼の優しい声が、耳元で囁く。彼の存在を、体温を、もっと感じていたかった。もっと触れ合っていたかった。けれど掌から砂がこぼれてゆくように私の意識は、しだいに彼から遠ざかっていくのがわかった。彼のコロンの香りが脳裏を掠《かす》める。もがき縋《すが》り付きたい私の思いは、しだいに闇の中に吸い寄せられていってしまったのだ。

第七話　ベラのように

この頃の私は、家事をしている時も、仕事をしている時も、いつも心の中で彼の存在を求めていた。あまりに感触のある夢は、もうひとつの現実となって、私の記憶を埋めていった。彼を思う時、私の心は高なる。そして私は誰でもなく、何歳でもなく、私自身となるのだ。彼の瞳も、彼の声も、彼の空気も、私の心の光となっていた。そして、光は切なさという影をも私に与えたのだ。ある時は、救われたいと思う気持ちが幻想を抱くのだと諌める自分もいた。疲れ過ぎた心が現実逃避をしているのだと。

けれど、私は救われたかった。足元の現実から踏み出したかった。自分の身の丈でいい、自分の形にあった幸せの中で生きてゆきたいと思ったのだ。それが生まれてきた意味ではないかと思うから。

＊＊＊

柔らかな陽射しの中で、私は意識を取り戻す。緑の多い公園、ここはどこなのだろう。

「大学の卒業制作に、君の油絵を描きたいんだ」

私の隣には彼が座っていた。彼ははにかみながら言った。卒業制作？　そうだ、彼は美大生だった。

「別に難しいことじゃないよ。君はただ、座っていてくれたらいいんだから」

彼は確かめるような眼差しで私を見つめた。私はまだ気持ちが定まらないまま、彼の真っ直ぐな眼差しに戸惑っていた。一体、この場面はいつ始まり、いつ終わってしまうのかわからない幻想世界だ。その入り口も出口も私にはわからない。何故、私がここにいるのか、彼とどうやって再会するのかも。

「ううん……」

私は曖昧な返事しかできなかった。

「駄目かな？」

彼には不自然さはないのだろうか。私の出現も別れも、不自然ではないのだろうか。

「ううん、モデルなんて、やっぱり無理」

「どうして？　卒業記念だから特別なんだ。どうしても駄目？」

私は躊躇していた。

「じゃあ、卒業制作でなかったらいい？　人には見せないって約束するよ。自分だけのコレクションにする。それなら？」

彼が少し口ごもる。

「……君と一緒にいると、自分のままで居られるんだ。君とは同じ空気、気質を感じる。それって、とても大事なことだと思うんだ。……シャガールも、こんな気持ちでベラを描き続けたんじゃないかと思うんだ」

彼のお願いには到底勝てない。

「私で務まるのかわからないけど、わかったわ」

「よかった。ありがとう」

彼が私の髪にキスをした。優しい彼の香りだ。

私達は、あの蔦の絡まる渋谷の美術館の一部屋にいた。陽当たりの良いその部屋は、イーゼルやカンヴァス、油絵の道具が壁に沿ってずらりと並べられていた。彼に続いて一歩足を進めると、溶き油のシンナーの匂いが微かに鼻を刺激した。ワックスの効いた木の床に日光が反射する。白い壁も彼の肌も薄茶の髪も、ギリシャの彫刻のように美しく映し出された。ここは正に彼の世界だった。美術家の彼の世界だ。

「ちょっと込み入っているけど、そこの窓側の椅子に座って」

陽射しの降り注ぐその場所を、彼は指差した。温かな部屋だったが、私は緊張していた。これからどうなるのだろうという思いもあった。イーゼルやカンヴァスを用意する彼。もはや私は引き返せない所まで来てしまった気がした。緊張感が背筋を走った。このおぼろげな世界がどこにあるのか、この自分の思いがどんな結末を迎えるのか、全くわからなかった。初めて彼の聖地に足を踏み入れてしまった。初めてのモデルだ。目の前に居る彼は既に温和な美大生の彼ではなく、厳格な画家のような神経質さでカンヴァスや画材を用意していた。萎縮した私は、彼に言われるがまま木製の丸椅子に腰を降ろした。彼は絵の具箱を開き、何本もの筆をバラバラッと木製の机に並べた。私の位置からは逆光になる彼の表情は、輪郭に後光を浴びおぼろげに映って見えた。

「じゃあ、始めるね。緊張しなくていいよ」

そこに居るのは本当に彼なのだろうか。カンヴァスに向かう彼と私までの距離は約二メートル。真っ直ぐな視線を感じながらも、私はまだ半信半疑な気持ちのまま彼の後光を見つめていた。彼の目線は、目の前のカンヴァスと私とを交互に見つめているようだった。光の中で時々鋭い視線が私を捉え、私はある種の恐怖を感じた。彼の目は何を見据えているのであろうか。私の未熟さ、愚かさ。彼が私を見る度に心臓がどくっ、どくっと波打った。

「そんなに硬くならないで。いつもどおりでいいんだよ。心を解放して」

私なりには努力をしているつもりだった。

「どうしたらリラックスできる？」

彼のため息が光の中で微かに聞こえた。

「ごめんなさい」

私は表情の見えない彼に謝っていた。

「想像してみて、シャガールのモデルになったベラの気持ちを。画家とモデルは、声にならない会話をするんだ。そんなに頑ななままでは絵は描けないよ。……君は何を恐れているの？　僕？　現実？　幻想？」

「私は、ただ……」

私の瞳は、きっと恐怖を映し出していたのだ。何をどう説明したらいいのだろうか。沈黙の時間が流れた。私は時空を彷徨っているのだ。誰が信じるというのだろうか。私はどうしてここにいるのか、ここにいる私はどんな存在なのか、何を正したらいいのか、私には全くわからなかった。そんな幻想の世界の中でも着々と時が流れ、着々とストーリーが展開されてゆく。そして自分の心も、もう後戻りができないほどに彼を求めていた。

「ごめん。君を責めたりして。もともと僕が無理を言っていたんだから……悪かったね……」

彼の寂しさを帯びた言葉に、私は戸惑った。

「ごめんなさい。……私、どうしたらいいのか……。私……、このまま自分の足では立てなくなりそうで……怖かったの」

彼がゆっくり光の中から、こちらに向かって歩いて来た。一歩一歩、彼の表情がはっきりと映し出されていった。そこには、いつもの優しく美しい彼の表情があった。

「……君とは同じ空気、同じ気質を感じるんだ。もしかしたら前世で繋がっていたのかもしれないなんて、そんな感覚になる時があるよ。君はどう？　そんなふうに感じることはない？　……僕は君が好きだよ。君の純粋さが、僕にはわかるから……」

彼に真っ直ぐに見つめられると、私は言葉を失ってしまう。顔をくしゃくしゃにして泣き出したいような、理性という抵抗力が抜け落ちてゆくような感覚だった。そんな私を彼は優しく抱きしめてくれた。彼の胸の中は深くて温かくて、私は幼子のように深い安らぎの泉の中に沈んでいったのだ。

彼の視線が私へ、私からカンヴァスへ、カンヴァスから絵の具のパレットへと動く。一定のリズムを持って、とても神聖な時を刻むかのように。シャガールは愛妻ベラを、数多く描いてきた。ベラはシャガールの一番の良き理解者であり、評論家であったという。ベラは、偉大な画家である最愛の夫の眼差しの前で、いつもどんな思いでモデルになっていたのであろうか。彼の才能を信じ、彼の人間性を愛し、画家としての彼を敬い、芸術を継承するという同じ責務と情熱を持ち、凛とした気持ちでモデルになっていたのだと思う。私は、彼女に近づけるのであろうか。

「少し休憩しようか。疲れたでしょう」

彼はふと緊張の解《ほぐ》れた表情で、筆とパレットをテーブルに置いた。私に微笑むと穏やかな表情で窓から見える四角い青空を見上げた。陽射しの降り注ぐ窓から延びる彼の影を追う。壁に並ぶ剥き出しのカンヴァス。私は立ち上がり、一枚、一枚、それらのカンヴァスを覗いてみた。ふと私の手を止めたのは、白く輝く寺院の油絵だった。私はその絵をそっと抜き取り、じっくり眺めてみた。

「これって、ノートルダム大聖堂でしょ？」

彼が振り向いた。

「ああ、そうだよ」

「もしかして、あなたが描いたもの？」

「うん。そう」

小さなカンヴァスには、美しい装飾を刻んだ大聖堂がオーロラ色に輝き、壮大な歴史の趣を醸し出していた。光輝く寺院、その光と陰のコントラストを刻む描写が、大聖堂の重厚感を見事に表現していた。

「素敵な絵ね」

じっくり絵の表情を鑑賞している私の隣に彼もやって来て、一緒にそのカンヴァスを眺めた。

「あんまり自信がないから、ここに仕舞ってあるんだ」

「どうして？　こんなに素敵なのに」

「ううん、本物のノートルダム大聖堂は、もっと素晴らしかったよ。もっと重厚で、もっと神秘的で奥深さがあった。あの神聖さをもっと緻密に繊細に描写したかった」

私はその美しい油絵を眺めながら、彼の話す大聖堂を想像してみた。

「さあ、そろそろ始めようか」

彼が言う。私は丁寧にその大聖堂の絵をもとの場所に納めた。

陽射しは、部屋の右側から差し込み、短い影が左側に落ちた。彼の真剣な瞳が、再び静寂を包み込んだ。チューブから搾り出された絵の具の載ったパレットの上をステップする筆、カンヴァスの上を踊る筆の運び。一瞬、一瞬に、新しい色が生まれるのだ。彼の感性が弾け、色彩と調和する。私は、彼の向かうそのカンヴァスに、希望と期待と信頼を重ねた。彼と私を繋ぐ音のない神聖な時が、ゆっくりと流れていった。

第八話　休日

もし、私が過去に戻れたならどんな選択をして、どんなふうに生きるだろうか。

辛い現実は、実はこの世に生まれる前に自分で魂の修行として決めて生まれてきている。辛い出来事は魂の現世での修行なのだと誰かから聞いたことがある。ゆえに現世での辛い出来事は必ず乗り越えることができると。普遍の宇宙の中で魂は永遠に修行と浄化、輪廻転生を繰り返すのだと。私の歩んできた道が偶然ではなく必然なら、私は乗り越えなくてはならないのだ。

シングルになって四年、果たして私は幸せだろうか。子供達は幸せだろうか。社会の中に身を投じると、心が傷付くことなど当たり前のように理不尽な事柄にも多々ぶつかる。いっそ誰からも逃れて、家族だけでひっそりと生きることができたならと思うことさえあった。それでも人は、人の社会の中で生きてゆかなければならないのだ。そうわかっていても本当はもう傷つくことは嫌だと心は叫んでいた。

　だからこそ、彼の優しさが心に沁み込んで、涙が溢れそうになる。柔らかで、ナチュラルで、まるで絹のようにしなやかで。私はもう彼なくしては生きられないかもしれないとさえ思う。温もりは人が与えてくれるものなのに、人は人の心にナイフを突き刺すこともある。弱いものを傷付けたいというサディスティックな心は、多かれ少なかれ誰の心にもあるのだろうか。恐らく私自身も前夫を、前夫には理解のできない私の価値観のナイフで傷付けていたのかもしれない。

＊＊＊

「完成したよ」

　静かな時の流れの中に交じり合う、彼の澄んだ声。希望に輝く瞳。私は胸が高鳴った。彼の描く絵画の世界に、私はどんな色でどんな形で存在しているのだろう。彼の感性は私をどう捉え描いていたのであろうか。私は丸椅子から立ち上がったが、胸が張り詰め、体も強張っていた。一呼吸置いて、カンヴァスの正面に立った。そして、目の前の彼の作品を見つめた。

息が止まりそうだった。

「……素敵」

私はその絵の中で確実に生きていた。その世界は現実より鮮やかで、柔らかく、涼やかな香りを漂わせていた。私は言葉を失った。私はその絵の中で、彼から生きることを与えられ、新しい生命としてそこに存在していたのだ。

「……私、優しい顔をしている。穏やかな幸せに包まれているんだわ。私、シャガールが大好きだけど、あなたの絵も大好きよ。この肌の柔らかさ、表情の温かさ、衣服や手から伝わる体温。陽の光と陰、本当に私、生きているのね」

「良かった、気に入ってもらえて。君が誉めてくれることが一番嬉しいよ。シャガールの気持ちがよくわかった。愛妻を描き、愛妻から栄誉をもらうことの素晴らしさ。それがこんなに幸せだなんて、初めて知ったよ」

彼の熱い胸が私の背中をすっぽりと包み込んだ。私は彼の中の才能とその情熱に溶け込んでいった。彼の声が、私の耳元で囁いた。

「……君は僕に新しい力をくれる。新しいイマジネーションがカンヴァスの中で生きた色を生み出すんだよ。こんな感動、本当に久しぶりだ。……ありがとう」

彼の喜びは私にも嬉しいことだ。不確かな世界の中で、彼は確かな手ごたえを感じているのだ。おぼろげなこの世界に、ひとつひとつ私の足跡は増えてゆく。私にはこの世界で何が許されて、何が許されていないのだろう。記憶と共に膨らんでゆく不安を私は拭い去れないでいる。いつかこの不確かな世界にも、終わりが来るのであろうか。彼の愛も霧と共に消えてしまうのだろうか。その時私はどうなるだろう。彼の存在と共に私の愛もなくなってしまうのだろうか……。

＊＊＊

「お母さん、今日はどこに連れて行ってくれる？」

久しぶりにお天気の良い日曜日だった。次女の優希はお休みが来る度に、私にどこかに遊びに連れて行ってもらうことをせがんだ。

「そうね、ずっと日曜日が雨だったから、今日はどこかに行こうか」

長女の瑞希も嬉しそうな顔で話に加わった。

「本当、お母さん？　いいの？　お母さん、疲れていないの？　本当にいいの？」

子供にこんなに気を遣わせて、私は少し切なくなった。

「大丈夫よ。お母さん、いつも疲れた顔をしていた？　ごめんね、心配かけて」

「いいの。だって、お母さん、頑張っているんだもん」

と瑞希。

「じゃあ、どこ？　どこに連れて行ってくれるの？」

と優希が待ち遠しそうに言う。

「そうねえ、じゃあ〈渋谷はるのおがわプレーパーク〉に行ってみようか？」

「うん」

二人は声を揃えて言う。

「あのね、うちのクラスの萌ちゃんも、この間行ったんだって。優希も行きたかったんだあ」

「うん。瑞希も行きたかった」

「じゃあ、良かった。さあ、仕度をして、早く出発しよう」

「わあい」

子供達の喜ぶ顔は、私にとって一番の幸せだ。三人で電車に乗り出掛けるのは久しぶりのことで、瑞希も優希も大はしゃぎだった。

日曜日の渋谷は、若者達で溢れていた。十代や二十代の若者は、とてもおしゃれで溌剌としている。やがて、子供達が念願にしていた〈渋谷はるのおがわプレーパーク〉に到着した。渋谷の真ん中にある〈渋谷はるのおがわプレーパーク〉は、自然の中で思いきり遊べる公園で、遊びの素材としての緑と土、水や火、そしてプログラムのない自由な時間の中で子供達が「自分で考えて自分で決める遊び」を楽しむことを目的としたパークだった。


「楽しかったね」

「うん、楽しかった」

久しぶりの休日らしい休日を、子供達に過ごさせることができて私も満足だった。雑誌に載っていたレストランでランチを食べ、三時には有名なパティシエのケーキセットを食べ、私も子供達も大満足の一日となった。駅に向かう途中、私の気持ちの片隅にあった美術館に寄りたいという思いを、子供達に言い出してみた。

「お母さん、ちょっと寄りたいところがあるんだけど、いいかな？」

子供達はまだエネルギーが残っているとみえ、すぐに快く了解してくれた。

あの美術館から始まったのだ。あの美術館を見つけた日から、不思議な夢が始まったのだ。あの昔と変わらない古びた美術館には、何か不思議な力があるのだろうか。私は子供達の手を引き、あのアイビーに覆われた美術館を目指し、期待と不安の入り混じる気持ちで歩いていた。やがて、私達親子が立ち止まったその場所は、今もなお二十年前の風貌のまま、奥ゆかしくひっそりとここに佇んでいた。狭い庭には高い木々が建物や地面に当たる日光を遮り、庭の土はしっとりと濡れ、所々に青苔が生えていた。古めかしさと湿度のある冷たい空気が、子供達の足を竦めさせた。私達はそれぞれの緊張感で、入り口の前に立ち尽くしていた。

「えええ？　お母さん、ここやっているの？」

と瑞希が言う。

「なんだか怖いよ」

と優希は私にしがみ付いた。私は怖がる子供達を宥めるように、二人の小さな肩を撫でながら言った。

「ここは美術館よ。怖いところじゃないの。お母さんの若い頃からあった美術館なのよ。

お母さんはね、ここが大好きだったの。綺麗な絵がたくさん飾ってあって、静かだし、おいしいお茶もケーキもあるのよ。ねえ、一緒に入ってみよう。何も怖くないから」

二十年ぶりに集金の合間に立ち寄ったあの日から、この錆びた鉄の扉を開いたあの日から、何週間が過ぎたであろう。私がその一歩を踏み出すと、子供達は私の手を左右からぎゅっと握りしめた。一歩、二歩と足を進め、赤レンガの階段を三段上った。私は瑞希の手をそっと放し、重い鉄で囲われたガラスの扉を力を込めて開いた。

館内はしんと静かだった。この前となんら変わりはしなかった。入り口の左側にある受付カウンターに近づくと、やはりこの間と同じ中年女性が座っていた。私は大人と子供の鑑賞券を三枚購入した。

「さあ、どこから観ようか？　二階から観てみる？」

子供達は、依然緊張した様子で黙って頷いた。私達は入り口右手にある大理石の階段を、手を繋いだまま上った。人の気配のない館内は、私達の足音だけが響いていた。子供達は尚も慎重な表情だ。私は夢に繋がる手掛かりを少しでも見つけたかった。そして彼の実在を信じたかったのだ。二階の展示は、確か時期によって入れ替わると彼が言っていた。私は緊張しながらも期待感を持って、彼が描いた『午後のテラス』を探した。壁の端から一点一点慎重にコーナーも律儀に廻って二階のフロアーに展示された絵を全て眺めたが、『午後のテラス』はついに見つけることはできなかった。やはりという失望感が湧き起こってきた。けれど、私にはまだ諦めきれない思いがあった。

ようやく美術館の雰囲気に慣れてきた子供達の手を引いて、今度は大理石の階段を一階へと下りた。受付の女性は顔を上げることもなく、黙って座っている。私達は相変わらず人気のない館内を、次は紺の絨毯の間から赤の絨毯の間までじっくり絵を鑑賞しながら歩いた。私は目で絵画を追いながらも、彼の僅かな気配を慎重に探していた。柔らかくなった表情の子供達も、子供達なりに名画の魅力に触れているようだった。

私達は、とうとう赤の絨毯の間までやって来た。神々しく飾られたマルク・シャガールのリトグラフ。この場所は、私にとって様々な思いの詰まった時空であった。現実と幻想が渦巻く、まるで深い森の中にひっそりと開けた草地にある神殿のように、神秘的な空気を保っていた。今まで知ることのなかったシャガールの生涯と思い、彼の芸術やシャガールに対する深い敬愛、そして私の思いが深く深く息をする場所だった。すると瑞希が言った。

「あっ、この絵。お母さんがお部屋に飾ってあるのと似てるね」

ふと我に返る私の意識。

「本当だ」

と優希も言う。二人は円《つぶ》らな瞳で私を見つめた。

「そうよ、だって同じ人が描いているんだもの。マルク・シャガールっていう有名な画家が描いたものなのよ」

好奇心に満ちた小さな瞳が、再び絵に向けられた。

「へえ、そうなんだあ」

「凄いね、お母さん。とっても綺麗」

「瑞希もこの絵、好きだな」

子供達も感心していた。まだ幼い子供達の意外な洞察力に、私は少なからず驚いた。私はあらためてシャガールのリトグラフを、この部屋を見渡す。魔法の扉とも思えるこの赤の絨毯の間。どこかに彼の気配がないだろうか。ほんの些細な手掛かりでも見つけることができたなら私は救われると思った。彼の存在を感じたかった。彼の声を聞きたかった。胸に刻まれた彼の言葉、温もり。私の記憶の中で生きる彼の存在はあまりにも大きく、その記憶を打ち消すことなど、今の私には到底できないことだった。

自分の歩んできた道が無性に不甲斐なく感じられ、己を嫌悪し、まだ見ぬ未来さえ失いそうな自分がいた。

けれど彼が居てくれれば、そんな自分も変われる気がした。彼が居てくれれば、不甲斐ない私の未来さえ輝くと思えた。だが、それはやはり幻想なのだろうか？　マルク・シャガールのマジックなのだろうか？　人は自分自身の足で立ち、人生を切り開かなければいけない。摩擦の多い社会の中で、人は学ばなければいけないことは知っている。難しいことだけれど、結婚も離婚も自分で決めたことなのだから、私は私自身の人生を突き進むしかないのだ。しかし私の心には、はっきりと彼の香りと言葉の数々が刻まれていた。それがどんなにか尊いものであったろうか。

その時ふと、子供達の小さな手の温もりを感じた。優希が心配そうな顔で、私の顔を見上げていた。私は二人の子供達の母親なのだ。それが現実であり事実だ。夢に酔っていてはいけない。ふと私は深いため息をついた。

私達は、赤の絨毯の間をゆっくりと後にした。ふと次女が立ち止まった。

「お母さん、優希、喉が渇いた。あそこで何か飲んでもいい？」

優希が指差した場所は、この美術館のカフェだった。私は、はっとした。そうだった。私はあの場所で、初めて彼と会話したのだ。そして、あの場所で彼の油絵を見つけたのだ。私は微かな希望を抱いてカフェに向かった。

観葉植物に隔てられたその先にあったスペースは、かつてのカフェではなかった。テーブルとカウンターこそ、あの頃のまま設置されていたが、閑散としたその場所には人の気配はまるでなかった。あの『午後のテラス』の絵が飾ってあった壁には、古い自動販売機が一台、薄暗い蛍光灯の光を放って置かれているだけだ。私はひどくがっかりした。閑散としたその空間。考えてみれば無理もないことだ。この建物自体、ひどく古めかしく、この間も今日も来館者など誰もいないのだから。自動販売機で優希と瑞希にオレンジジュースを買い、沈み込む気持ちを抱えきれずに私は椅子に座り込んでいた。

これが現実だ。幻想は人が作り出すもの。幻想は現実逃避。無邪気にジュースをおいしそうに飲む子供達。私が守るべき存在はここにある。私は無意識にまたため息をついていた。

子供達がジュースを飲み終わり、足の疲れも癒えた頃、私はテーブルも椅子も古いながらも、きちんと拭かれており、床も綺麗に磨かれていることに気付いた。子供達の飲み終わった空き缶を捨てるため、自動販売機の隣に置かれた缶専用のゴミ箱の前に立った時、私ははっとした。ゴミ箱の上の辺り、自動販売機の横の白い壁に、額縁が飾ってあっただろうと思われる灰色に擦れた直角の形をした汚れが残っていることに気付いたのだ。そう、この場所は夢の中で『午後のテラス』が飾ってあった場所だ。私の心臓は波打った。もしかしたら、あの絵は本当にここにあったのかもしれない。

私は逸る気持ちを抑えながら、子供達を連れ受付の女性のところへ向かった。

「あの、すみません。ちょっとお聞きしたいことがあるんですけれど……」

私は腰を屈め、受付の小さな窓から尋ねた。中年女性は顔を上げ、にこやかに「何でしょう？」と言った。

「あのカフェに、いえあの休憩場所に以前絵が飾ってあったと思うんです。『午後のテラス』という油絵なんですが、ご存じないでしょうか？　それから、その絵を描いた美大生の男性が、そこの喫茶室でアルバイトをしていたと思うんですけど、ご存じないですか？」

私は夢中で話していた。受付の女性は覚束ない表情で私を見ていた。

「……そうですねえ……。喫茶室に絵を飾っていたのは、もう何年も前の話ですし、その絵も定期的に替えていたので……、その午後の何とかって言いましたか……」

私は期待と緊張が溢れる思いで、その女性の話す言葉に全神経を集中させていた。

「『午後のテラス』です」

私は早口で言った。

「そうそう、『午後のテラス』ねえ、ううん、あまり記憶がないけれど……」

私はがっかりしたが、続けて聞いてみた。

「では、そこでアルバイトをしていた美大生の男性のことは知りませんか？」

今度も女性は覚束ない表情だった。

「そうですねえ……、美大生ねえ……。以前に何人かいましたが、もう随分前の話ですよ。見てのとおり、数年前から閑散としてしまいましてねえ、今では学芸員も私一人なんです。寂しいものですよ。その美大生の方は、何ておっしゃいますか？」

私はハッとした。そう聞かれて、私は初めて彼の名前を知らないことに気付いたのだ。なんと愚かなことだったろうか。微かな希望が、私の中で音をたてて崩れていった。

「あの……、私……、その人の名前を知らないんです。……でも、薄茶の髪で、目が大きくて、静かに語るとても綺麗な顔立ちの人なんですけど……」

受付女性は、困った顔をして言った。

「ううん、お名前がわからないとねえ……。それに、今は個人情報に関しては、やたらとお教えできないんですよ。ごめんなさいね」

私の心は、冷たい泥沼の中へとずるずると沈んでいった。

「そうですか……。そうですよね……。すみません。ありがとうございました」

私がお礼を言うと、その女性も残念そうな顔で頭を下げた。やはり、夢は夢。何の根拠もないのに、私は何を期待していたのだろうか。……愚かだ。

「お母さん、どうしたの？　大丈夫？」

駅に向かう帰り道、瑞希が心配そうに言う。

「あっ、ごめんね。大丈夫よ。ちょっと知り合いの人を探していたから……。でも、もういいのよ。さあ、もう夕方になるから急いで帰ろうね」

「うん」

私は二人の手を引き、夕暮れの若者が多く行き交う街に弾かれたように、自分達の住む都外へと向かった。明日からまた、小さな街でいつもの一週間が始まる。早起きして、朝食の準備をし、子供達を起こし、朝食を食べさせ、自分も会社へ行く準備をし、それぞれ学校へ、会社へと向かうのだ。目まぐるしく過ぎる一日、一日だ。それが現実。それが私の生活。

「ねえ瑞希、優希、また〈ラッキーあるあるあるゲーム〉をしようか」

埼京線の車内に三人並んで座り、私は提案した。

「する、する！」

二人の元気な笑顔に癒される。私の宝物はここにある。

「じゃあ始めは優希ね。ええっと髪の毛がある！」

「ぷっ、なにそれ」

瑞希は笑い出した。

「だって大事だよ、髪の毛は」

「まあ確かにね。それなら私は……速い足がある！　はい、次はお母さん」

と瑞希。

「そうねえ、それなら料理の上手な腕がある！」

「お母さんたら自分で言ってる。次は優希だよ。優希は……ほっぺにえくぼがある！」

「じゃあ私は……ピアノが上手！」

「お姉ちゃん、あるあるゲームだからそれはダメ！　はい、もう一回」

「もう優希のケチ！　それなら……そそっかしいけど優しいお母さんがいる！」

「ああ、それ優希が言うつもりだったのに」

「残念でした。瑞希の勝ち！」

「お姉ちゃん、ずるいよ」

そんな他愛もない会話をしているうちに電車は乗換駅に到着した。

私の幸せはここにあるのだ。

第九話　現実と幻想

それからの数日、私は夢を見ることがなかった。毎日がとても疲れていた。予定外の出費や学校の行事や仕事が立て込み、目一杯の毎日を過ごしていた。仕事中、私が意識を失ったのは、ほんの一瞬のことだった。倉庫に書類を取りに行った時、私は立ち眩《くら》みを起こし、その場に倒れてしまったのだ。気を失ったのは数分のようであったが、私は顔に大きな痣《あざ》を作っていた。社長は私の体を心配し、すぐに病院に行くよう早退をさせてくれた。驚きと恐怖が私を襲った。まだ陽の高い中、社長が呼んでくれたタクシーで、私は帰宅をした。私はまだ、死ぬわけにはいかない。そんな大袈裟な気持ちでまた意識を失うことを不安に思いながら、タクシーを降りたのだ。

住み慣れた匂いのする家の中に入ると、私は崩れるようにリビングのソファーに倒れ込んでしまった。初めて意識を失った恐怖が、私を捕らえていた。もし私が死んでしまったら、子供達はどうなってしまうのだろうか。考えただけでも恐ろしく、子供達がこの上なく不憫に思え、知らず知らず私の瞳には涙が溢れていた。とにかく病院に行かなければ。そう思いながらも私は、ソファーに崩れ込んだ体をなかなか起こすことができずに、やがてそのまま深い暗闇に吸い込まれていったのだ。

＊＊＊

私は、彼の大きな胸の中でまどろんでいた。彼は優しく私の髪を撫でる。窓からは柔らかな陽射しが私達を癒し、大きな安らぎが心を満たしていた。徐に彼が言った。

「……僕が大学を卒業したら、結婚しよう」

その言葉は、彼の胸から私の耳に反響して伝わった。私はどきりとして思わず顔を上げ、彼の瞳を見つめた。その瞳は陽を反射して薄茶の透明感を帯び、言葉の真実を伝えていた。私は何と答えたらいいのだろう。私達の未来は、どの世界でどんな形をしているのだろう。私にそんな資格があるのだろうか。すぐに返答のできない私に、彼は不安の混ざる微笑みを見せた。

「……いいよ。返事は急がないから」

私はどうしたらいいのだろう。

「今日は久しぶりに、ちゃんとしたデートをしよう。いつもこのアトリエじゃ、君もつまらないよね。今日は君の行きたいところへ、ドライブに行こう」

話題を切り替えようと、彼は明るい口調でそう言うと徐に立ち上がった。私の目はジャケットを羽織る彼の後ろ姿を、ぼんやりと眺めていた。私の頭の中を、様々な思いが駆け巡った。……彼と一緒に生きられたら、どんなに幸せであろう……。彼の後ろ髪の形、広い肩から繋がる背中、細いウエスト、すらりと伸びた脚。その体の真ん中にある誠実さ。私の視界の中で彼が描いた油絵が柔らかな陽射しの中で輝いていた。優しい絵だった。彼の心そのものだ。私はそのまま動けずに、壁にもたれたまま座り込みそれらを眺めていた。

ふと彼が振り向いた。

「僕はアパートの駐車場から車を廻してくるね。三十分したら、美術館の入り口で待っていて」

私は黙って頷いた。そして彼は微笑んで静かに扉を閉めた。私はまだぼんやりと彼の残像を眺めていた。と、その時、思わぬ衝撃が私を襲った。突然、稲妻が突き刺すような激しい頭痛が私を襲い、その痛みは容赦なく、頭部を鋭く打ち続けた。私は両手で頭を抱え込み崩れ落ちていた。激痛に掻き消され、私の意識が暗黒の中に吸い寄せられてゆく。私には、まだやるべきことが残っている。死ぬわけにはいかない……。ドラムの早打ちのように襲い続ける痛み。苦しい。彼はどこ？　子供達は？　子供達はどこ？　私の意識はそのまま、深い暗黒に吸い込まれていったのだ。

＊＊＊

次女が帰宅したのは三時過ぎだった。ソファーで頭を抱えて苦しんでいる私を見て、次女は突然大きな泣き声を出し、「お母さん、お母さん！」と叫び続けていた。かすかに優希の存在を感じながらも、私には次女をなだめる余裕など全くなかった。その激痛と共に、私は何かを思いっきり吐き出していた。優希の泣き声が次第に遠ざかってゆく……。ああ、私はこの子を置いてはいけない。しっかり踏み留まらなくては……。けれど、私の意志とは裏腹に、意識はどんどん遠のいていったのだ。

それから、私が目を覚ましたのは、白いカーテンに覆われたベッドの上だった。一体、何がどうなったのか、私は思い出せなかった。突然、母親の顔が見えた。そして、瑞希と優希の顔も覗いた。

「良かったあ。お母さん、気がついた」

突然、瑞希と優希がベッドに横になっている私の上に覆いかぶさってきた。

「本当、良かったあ。お母さん、お母さん」

隣で母親がほっとした顔で言った。

「真由子、びっくりしたわよ。瑞希から電話をもらって、お母さんが死んじゃったって言うから。何があったのかと思って、寿命が縮んじゃったわよ」

「ごめんなさい。私も何がなんだか……」

そして優希が言った。

「お母さん、優希が学校から帰ってきたら、ソファーの上で頭を抱えてうなっていたんだよ。そしたら、突然口から吐いちゃって、もう優希、どうしたらいいか、わからなかったの。だって、お母さんが死んじゃうって思ったんだもん」

「そうだよ。瑞希が帰ってきたら、優希は泣き叫んでいるし、お母さんは床に倒れて口からゲロ吐いてるし、瑞希、お母さんが死んじゃったのかと思って、息が止まりそうだった。

どうしたらいいのかわからなくて、お祖母《ばあ》ちゃんに電話したんだ」

「そうだったの。ごめんなさいね。あの日、会社でも一度倒れたの。そしたら、社長さんが心配してくれて、病院に行くように言ってくれたのよ。それまでは、いつもと変わらなかったし、体調も別に悪いところもなかったのに……。本当にごめんなさい、心配かけて」

母親も瑞希も優希も、緊張の解れたほっとした表情をしていた。ベッドの上で私は複雑な思いで、彼女達の笑顔を眺めていた。やがて看護師がやってきた。

「小野瀬さん、意識が戻りましたね。ご気分はいかがですか？　先生からお話がありますが、大丈夫ですか？」

そう言って、若い看護師が私の表情を窺った。

「ええ、大丈夫です」

看護師は微笑みながら私と母に言う。

「それでは、今車椅子をお持ちしますので。それから、お母様も一緒に先生のお話をお聞きになられますか？」

車椅子？　母も一緒に？　私は突然大きな不安に見舞われた。私は何か重い病気なのだろうか。母の顔色もさっと青くなった。

「あの、娘はそんなに悪いのでしょうか？」

看護師は落ち着いた表情で話す。

「病状に関しましては、看護師からは何もお話しできませんので。……ただ、検査結果は悪いものではありませんでしたよ」

その言葉に私も母も、ほっと胸を撫で下ろした。若い看護師は私達が医者に呼ばれている間、子供達をキッズルームに案内してくれた。私は広い院内を車椅子で、医師の部屋まで運ばれた。まだ若そうな医師が私と母に話す。

「ＭＲＩの結果、脳には異常はありませんでした。さらに心電図、および心臓のエコーの結果にも異常は認められませんでした」

医者の言葉に私も母もほっとした。

「……となりますと、私どもは小野瀬さんが倒れられた原因を、別の観点から究明しなければなりません。考えられるのはストレスから来る自律神経の異常と思われますが、それも今の段階では断定できませんので、しばらく検査入院をして頂かなければなりません。いかがでしょうか？」

しばらくの検査入院という言葉に、私と母は顔を見合わせた。

「しばらくと言いますと、どれくらいですか？」

「そうですね、少なくとも四、五日は必要かと。自律神経系の検査を何種類か行わないといけませんので」

「つまり、自律神経失調症ということですか？」

「まあそれは検査結果を見てからということになります。いずれにしましても、ストレスはいけません。これから定期検査と安静が必要になりますね。ああ、あとビタミン剤を摂ることもお勧めします」

「はい。わかりました」

重病ではないことに、私はほっと胸を撫で下ろした。今まで当たり前と思っていた日々の時間が、当たり前ではなくなる恐怖から逃れられたのだ。病室に戻ると、私は母にお願いをしなければならなかった。

「お母さん、ごめんね。しばらく子供達をお願いします」

母はにこやかに言う。

「何よ、改まって。大丈夫よ。それより、真由子こそ、毎日無理をしていたんじゃないの。

お母さんにいろいろ相談してくれれば良かったじゃないの」

「うん、大丈夫よ。……きっと、私の性格がいけないの。あれこれ頑張っちゃうから。でも、これからは気を付けるから安心して」

「そうよ。あの子達の悲しい涙は、もうお母さんは見たくないからね。あの子達の母親は真由子だけなのよ。いろいろ頑張り過ぎないことね」

「はい」

そう言って母は、子供達をキッズルームに迎えにいった。白いカーテンに囲われた病室で、私はしばらく外の陽が僅かにこぼれる白い天井を、じっと見つめていた。とても静かだった。私がここでこうしていることが不思議に思えた。倒れたものの、重い病気ではなかったことは本当に良かった。目を閉じる。安らかな心に浮かんできたのは彼の面差しだった。でも……、もう彼とは、会えないかもしれない。私が幻想の世界にのめり込めばのめり込むほど、きっと現実の世界との狭間で、私は自分をコントロールできなくなっているのだ。夢の中に住む彼を、幻想が作りあげた彼を、私は真剣に深く慕っている。私は時に、子供達のことさえ忘れ、彼のいる幻想の世界に居座り続けたいとさえ思うことがあったのだ。だから私は、きっと罰を受けたのだ。

キッズルームから、子供達が母と一緒に戻ってきた。

「お母さん、どうお？　今日はもう瑞希達帰るけど、お母さん、平気？」

「今日からねえ、優希達、お祖母ちゃんの家に泊まるんだよ。楽しみだなあ」

二人の顔にも元気が戻っていた。

「良かったね。お母さんも悪いところがなかったし、あと少しで退院できるからね。お祖母ちゃんやお祖父《じい》ちゃんの言うことをちゃんときいて、お利口にしていてね」

「うん。大丈夫、任せといて」

子供達の返事は明るかった。

＊＊＊

それは、セピア色の無声映画のようであった。彼は美術館の入り口の前に、ハザードランプを点滅させて車を止めていた。恐らく私が二階のアトリエから降りてくるのを待っているのだ。時間が刻々と流れているようだった。彼の表情が徐々に曇ってゆく。美術館の二階の窓ガラスに、太陽の光が木々の間を縫って反射していた。彼は車から降り、美術館の入り口をじっと見つめていた。日光の角度が変わり始める。彼の優しい瞳は、徐々に暗く沈み込んでいった。陽射しが強くなり始め、彼の車のボンネットを照らした。彼は考え込んだ姿勢のまま、しばらくはその場から動かずにいたけれど、やがて車を道に横付けしたまま垣根を飛び越え、美術館へと走っていった。

館内に入った彼は、大理石の階段を一気に駆け上がり、アトリエにしていた部屋の扉を勢いよく開いた。部屋の中には、誰もいなかった。その時の彼の表情は、あまりにも痛々しく私の心を激しく打ちつけた。彼の透き通った心が壊れてゆく音が聞こえてきそうだった。切ない時間が止まる。白い壁に陽射しが反射し、部屋全体にスポットライトが当たっているかのように全てが霞む。壁に並んだイーゼルや、カンヴァス。その前に立っているイーゼルに置かれた私の肖像画。そして窓側にポツンと置かれた、私が座っていた木製の丸椅子。全てが白い光の中で、まるでそこだけが異次元の世界のように映っていた。

数分が過ぎた。やがて、彼は走り始めた。広い館内を。二階も一階も、あの赤の絨毯の間も。けれど、彼の瞳が再び輝くことはなかった。彼の表情は、次第に無になっていった。何もかもが、色を失い始めていた。セピア色に映っていたその映像は、やがて全ての温もりを失ったかのようであった。その陽射しも、風も、もう彼には届いていないようだった。

無表情のまま彼は再び車に乗り込み、運転席に深く沈み込んでいった。彼はどれくらい、そこに留まっていたのであろうか。太陽が真上から照らし始め、通りには人々が行き交った。けれど蔦に覆われた美術館と彼を包む空気だけが、まるでその呼吸を止めたかのように、ひっそりと静寂の中に居続けた。彼は生きているのだろうか。彼の中の全てが、止まっているようだった。あの輝くような瞳も、薄茶のさらさらとした髪も、綺麗な手も。私は傍に行って、彼を揺り動かしたかった。動いて、動いて。あなたはここに留まっては駄目。あなたは前に突き進んで、と。

けれど、私の思いは彼には届きはしない。彼の体は、心は、ずっとこのままここに留まって、朽ち果てていってしまうのであろうか。私の瞳は涙でぐっしょりと濡れていた。

第十話　美術館の建て替え

私が退院したのは、あれから一週間後の土曜日だった。娘達も両親もほっとして、私の帰りをとても喜んでくれた。やはり、健康が一番なのだ。私は今までわかっていながら、悟りきれずにいた幸福論に、大きなしっぺ返しをされたのかもしれない。私はこの現実にしっかりと踏み留まり、子供達と両親、自分自身をも幸せにしなければいけないのだ。

「お母さんが、元気になって良かったあ」

優希が言う。

「そうよ。真由子には言わなかったけれど、優希も瑞希も本当に心配していたのよ」

母の声が一段低くなった。

「……お父さんがいなくなって、お母さんまでいなくなったらどうしようって、布団の中で毎晩しくしく泣いていたのよ、二人とも。こんな小さな子供達を、もう二度と悲しませたら駄目よ」

母の言葉に胸が潰れる思いだった。自分の身勝手で離婚し、子供達に辛い思いをさせていたことは、充分にわかっているはずだった。

「優希、瑞希、ごめんね。駄目なお母さんで。でも、これからは体に気を付けるからね」

二人の子供達は小さな腕を回し、私の体に抱きついた。

「さあ、それじゃあ、今日はみんなでおいしいものを食べようね」

「わあい」

子供達の無邪気な笑顔が、どれほど心の慰めになったことか。私は自分で決めた運命を、このまま突き進むしかないのだ。


私はまた小さな会社に復帰し、いつものように事務職を坦々とこなしてゆく。時に残業に追われ、時に暇を持て余し、日々生活の糧を得ているのだ。月末、また集金日がやってきた。社長は心配してくれたが、退院してから二週間が過ぎていたし、体調もすっかり良かったので、いつもどおり私が行くことを伝えた。

久しぶりに乗る埼京線だった。空いている車両に乗り、揺れに身を任せて車窓から流れる景色をぼんやりと眺めていた。あの美術館に近付いている。シャガールの魔法。私は私が経験しなかった青春を、幻の中で経験したのだ。私にとって涙が出るほど尊い大切な思い出となった。優しい彼、私らしくいられた時間だった。もう、さよならだ。

駅を降りると、バスで真っすぐに得意先に向かった。晴れた渋谷の街、ビジネスマンや学生が行き交う。無事に集金を済ませ、タクシーを捜しながら駅へと向かって歩いていた。ここは渋谷。あの美術館のある街だ。私はやはり胸が疼いた。駅に向かう足取りが、次第に遅くなる。あの美術館に行きたい。シャガールの魔法を、もう一度だけ感じたい。腕時計を見ると、帰社時間にはまだ少しだけ余裕があった。あと一度だけと、私は美術館までの道を小走りに後戻りして行った。

私の心臓はどくどく波を打った。その美術館は子供達と訪れたあの日のまま、ひっそりと謙虚に佇んでいた。蔦や木が茂り、今も湿った土の香りが漂う。私は重い扉を一気に開いた。あの受付の中年女性が微笑む。鑑賞券を購入すると、その女性が私に言った。

「いつもありがとうございます。でも、残念ながらこの建物も今日までなんですよ」

私は想像もしえなかったその言葉に驚愕した。

「ええ、そうなんですか？　そんな、どうして？　寂しくなってしまいます」

「私も、残念でしかたないんですけどねえ。私はここに、三十四年も勤めていたんですよ。

でも、ここのオーナーが亡くなられて、東京都がこの美術館を買い上げたんです。もう明日から、この建物は取り壊しになります。貯蔵品はそのまま、建て替えられた新しい都の美術館に展示されるでしょうけれど、ここのような趣はもう望めないでしょうねえ。本当に残念です。私はここが大好きでした。若い頃は、いろいろな企画を練って、様々な展覧会を開いたものです。多くの学生や絵の愛好家達がやってきました。時代の流れなんでしょうかねえ……。あらあ、ごめんなさい。話が長くなってしまって。最後ですから、どうぞごゆっくり鑑賞していってくださいね」

その女性は名残惜しそうにそう話すと頭を下げた。私はお礼を言い、ゆっくりと館内を歩き始めた。頭は茫然としていた。この建物がなくなる。この紺の絨毯の間も、あの赤の絨毯の間も。あの偉大なシャガールの神聖な場所、魔法の場所もなくなってしまうのだ……。私はこの空気が好きだった。静かで、厳かで、誠実な空気。毛足の長い絨毯を、一歩、一歩、確かめるように足を進めた。この建物がなくなる。私のシャガールに対する思いも、彼との思い出も、この建物と共に消えてゆくのだ。

私は赤の絨毯の間にいた。『エッフェル塔の新郎新婦』、『彼女をめぐりて』、『華燭』。シャガールの穏やかな幻想の世界、その色彩、その人間愛。そして、あの彼の熱い瞳。彼の語る熱い思い。みんな、みんな消えてゆく。これが現実なんだ。私の頬に後から後から涙が伝った。

私の足は、二階へ行く大理石の階段に向かっていた。二階のフロアーを歩きながら、私は絵を鑑賞するというより、思い出に心を濡らしていた。コーナーを曲がろうとした時、私はふとあのアトリエにしていた部屋の扉を見つけた。扉には〈関係者以外立ち入り禁止〉というプレートが貼られていた。ここにも彼との思い出が残っている。明日から取り壊すという寂寞感もあり、私は思い切ってドアノブを回してみた。

ドアは開いた。鍵は開いていたのだ。

私の神経は一気に張り詰めた。私は一呼吸をおいて、その扉を開いてみた。

その部屋は、私が幻想の中で見ていた映像のままだった。陽は傾き、室内は薄暗くなっていたが、壁に並ぶイーゼルもカンヴァスも、そして窓側にポツンと置かれた木製の丸椅子も夢のままだった。隅にある傷んだ木の机の上には、固まった溶き油や筆が無造作に転がっていた。私は息を飲み、ゆっくりと部屋の中に足を踏み入れた。ここはどこなのだろう。何もかもが夢のままだった。幻想のままだった。私の緊張感は益々高まった。

壁に並んだ白い布の被されたカンヴァス。私はそっと布を外し、一枚、一枚、油絵を慎重に確かめた。見覚えのあるもの、ないものが重ね合っている。そして次の絵を見た瞬間、私は心臓が止まりそうになったのだ。その絵は、彼が描いたオーロラ色に輝くノートルダム大聖堂の油絵だったのだ。私はどくどく波打つ心臓を抑えられぬままその絵を持ち上げ、目の高さでじっくりと眺めてみた。間違いないと確信した。信じられない思いもあったが、この絵は確かに彼が描いたものだ。もう一度カンヴァスを隅から隅まで眺めた。彼の筆の動き、彼の色彩、彼の感性がこの絵の中で生きていた。確かにこの絵は彼の絵だ。私の緊張は一気に高まっていた。そう願っていながらも、目の前の現実が信じられない思いでもあった。カンヴァスを見つめている私の瞳からまた涙が零れた。……彼は存在している。……私の幻想の世界ではなく、彼は間違いなく実在しているのだ。彼がいる。……でも、どこに。私は何か手がかりを見つけようと、そのカンヴァスをもう一度じっくり見つめた。そして、その裏側を覗いた時、私はふと何か書かれていることに気付いた。それは青い絵の具で書かれた「KEITO・SASAGAYA」というサインだった。私の心臓は高鳴った。ササガヤ・ケイト、それが彼の名前だ。ササガヤ・ケイト、彼に会いたい。彼は今、どこにいるのだろう。私ははっと思い、その絵をもとに戻すと、急いで一階の受付の女性のところまで走った。

「あの、あの、すみません」

心臓がどくどくしていた。

「あの、以前にお伺いしたアルバイトの美大生の方の件ですが、名前がわかったんです。あの、ササガヤ・ケイトという人なんですけど、ご存じないでしょうか？」

私は祈るような思いで尋ねた。受付の女性は私の勢いに驚いていたが、少し考えてから言った。

「ササガヤ・ケイト……、ササガヤ・ケイトねえ……、ああ、佐々谷啓斗君。いましたねえ。とても絵の上手な子で、そうそう、とてもハンサムな子でしたね」

私の心臓は張り裂けんばかりだった。

「ご存じなんですね？」

「ええ、まあ……。でも、随分以前の話ですよ、彼がアルバイトをしていたのは。確か、彼は美大を卒業した後、フランスに留学しましたよ」

「フランスに留学？」

「ええ、確かそう聞いています」

中年女性は淡々と話す。

「今も、フランスに居るんでしょうか？」

私の中で不安がよぎった。

「さあ、どうでしょうねえ。亡くなられたここのオーナーとは、とても親しくされていたようですけど……」

情報はそこで途絶えてしまった。

「そうですか……。ありがとうございました」

私は興奮していた。思いがけないきっかけから、大きな手掛かりを手に入れることができたのだ。彼が実在の人物であり、佐々谷啓斗という名前であること。ここで、間違いなくアルバイトをしていたということだ。それは凄いことだ。彼が生きているということ、この世に彼の温もりが存在するということは、それだけでも私の人生は大きく変わる。私はまだ形の見えない微かな、けれど確実な灯りを手に入れたのだ。美術館から帰りかけた時、私はふと気掛かりなことに気付き、慌ててまた受付の女性のところに戻った。

「あの、すみません。あの、貯蔵品は全て新しい美術館に移されるんですよね」

受付の女性は、不思議そうな表情で答える。

「ええ、そのように聞いておりますが」

「あの、本当に全部ですか？　あの、例えば額に納められていない、カンヴァスが剥き出しのままの絵も、ちゃんと移されるんでしょうか？」

「ええ、そのはずです。ここの貯蔵品は、全てオーナーのコレクションですから」

「あの、絵を移される時は、あなたも立ち合われるんですか？」

「ええ、もちろん。私はここの唯一の学芸員ですから」

私はそれを聞いて、初めてほっとした。

「わかりました。ありがとうございました」

そう言って、私はその場を立ち去った。受付の女性は変だと思っただろうか。本当は彼が描いたあのノートルダム大聖堂の油絵を譲り受けたかったのだが、私がその絵を知っている経緯をどう説明したらよいのかわからなかったので仕方なく断念したのだ。でも、その絵が間違いなく新しい美術館に保管されるのであれば、まだ希望があった。あと気になるのは、彼の描いた『午後のテラス』と私の肖像画だった。よく探さなかったが、その二つの絵もあの部屋に保管されていたのであろうか。私は全てのカンヴァスを探さなかったことを、ひどく後悔していた。

次の朝、私の気持ちは全く落ち着きを失っていた。今日、あの美術館が取り壊される。本当に彼の絵は、無事に運び出されるのであろうか。もし、手違いで置き忘れられたなら、取り返しのつかないことになってしまう。あの学芸員の女性は、全て移されると言っていたけれど、間違いはないのだろうか。私は居ても立っても居られず、子供達を登校させると、会社に遅刻する旨の電話を入れ、足早に駅に向かい、埼京線に乗り込んだのだ。あれだけの貯蔵品があるのだから、梱包するだけでも時間がかかるはずだ。逸る気持ちを抑えながら、私は美術館を目指していた。

やっと着いた美術館の前には、大きなトラックが何台も止まり、多くの作業員が出入りを繰り返していた。警備員も数名所々に立ち、丁寧に梱包された絵画が、恭《うやうや》しく運び出されていた。私は不安に駆られながら、美術館の中に入ろうとしたが、生憎《あいにく》近くにいた警備員に呼び止められてしまったのだ。

「もしもし、今日は許可のない者は、中には入れませんよ」

私は必死だった。

「あの、私、中にいる学芸員の方の知り合いなんです。ちょっと、彼女に至急の話がありまして」

警備員は厳しい表情のまま、私を見据えていた。

「いいや、今日は腕章を付けていない人は中に入れません」

ここで私も立ち去るわけにはいかなかった。

「でも、どうしても至急の大事な話があるんです。では、彼女をここに呼んではもらえませんか？」

警備員はまだ厳しい表情だった。

「野崎さんは、きょうは忙しいんですけどね。まあ、一応聞いてみますが、あなたの名前は？」

「あっ、あの小野瀬と言いますが、昨日この美術館に来た者だと言ってくれればわかると思います」

警備員は渋々無線で呼び出しをした。

「こちら入り口です。野崎さんをお願いします。……あの、こちらに小野瀬さんという女性が急用ということで見えていますが、どうしても野崎さんに会いたいと言っているんです。どうされますか？　……はい、なんでも昨日、美術館に見えた人だとか……はい、わかりました」

警備員が無線を切ると私に言った。

「今、野崎さんがこちらに来るそうです」

優しさのない言葉だった。

「あっ、はい。ありがとうございました」

私はほっとした。しばらくして受付の女性がやって来た。私は目が合うと頭を下げた。

「どうされたんですか？」

彼女は怒っている様子ではなかった。ほっとしたものの、何と彼女に話を切り出したらいいものか、私は言葉に詰まっていた。

「あの、実は、私……、私もここの美術館が大好きだったので、あの……、だから、とても心配だったんです。絵が、絵がちゃんと移送されるのか……」

学芸員の女性は、微笑んで私の腕をぽんと叩いた。

「私も芸術が大好きで、学芸員になったのよ。私もここに貯蔵されている絵は、とても好きだった。ここの絵は、この歴史の刻まれた美術館にあってこそ生きるのよ。だから私だって、とても残念で仕方ないの。あなたの気持ちが、よくわかるわ。私だって心配よ。……でも、仕方ないわね。ここにどんな美術館が建てられるか、まだわからないけれど、運命にかけるしかないわね」

　野崎さんがとても優しい女性で、私はほっとした。そう、野崎さんこそ、この美術館にこの貯蔵された絵画に、深い愛着があるはずだった。彼女とこの美術館は、同じ長い歴史をひとつひとつ刻んできたのだから。

「はい、これを付けなさい。そして、私と一緒にいらっしゃい」

　そう言って彼女は、私に腕章を差し出した。

「ああ、ありがとうございます。私……、あの、本当に感謝します」

　私は野崎さんの好意に心から感謝した。

　私達は数人の警備員の間を通り抜け、館内に入った。美術館の中は、どこもかしこも昨日とは全く違っていた。稀に見る館内にいる大勢の人々。でも、その人々はみな移送の作業員だ。壁から外され布に覆われた数々の作品と、絵の外された壁には剥き出しにされた真っ白の壁紙、灰色の額縁の跡が年月の名残を伝えていた。これが物事の終わりだ。私は先を行く野崎さんについて、奥へ奥へと歩いていった。

　赤の絨毯の間、ここでは野崎さんの指示を待つ作業員が数名、梱包の準備をし待機していた。野崎さんは的確に指示を出す。作業員は白手袋をはめ、慎重にリトグラフを壁から取り外し、ビロードの布で二重に包み、ビニールパッキンを敷き詰めた段ボール箱に、丁寧に納めていった。私に多くの物語を語ってくれた偉大な画家マルク・シャガール。私と彼を繋ぐ光だった。新しい美術館でも、彼の尊厳が貶められることがないよう祈りたかった。野崎さんの表情にも、様々な思いが去来しているようだった。

「『魂の中の国、それだけが私の祖国』、シャガールが語っていた言葉よ。彼は自分の祖国ヴィテブスクをとても愛していたの。牧畜の盛んな素朴な町だった。けれど、繰り返された戦争によって陥落する憂き目にあったり、彼は愛していたものを次々に失ってしまった。そして、苦難の中で彼が見つけたものは、普遍の魂の中の国だったのよ。永遠に変わらない愛が生き続ける国。……なんだか、わかる気がするわねえ」

野崎さんも純粋に芸術を愛し、この美術館を愛した人だったのだ。三点のリトグラフは厳重に梱包され、ついにこの赤の絨毯の間から運び出されていった。もし、ここに彼がいたならば、どんなふうに思うだろうか。シャガールのいなくなったこの部屋は、妙に広く殺風景で温もりをすっかり失っていた。その時、私は野崎さんの微かなため息を聞き漏らさなかった。

「さあ、今度は二階に行きましょうか？」

野崎さんが先を歩いた。私は二階と聞いて緊張が走った。大理石の階段を足早に上る野崎さんのフットワークが良いことに私は少なからず驚いていた。二階でも、既に何人もの作業員が梱包作業を始めていた。

「あの、野崎さん。展示されていない作品も、野崎さんは全てご存じなんですか？」

「ええ、もちろん」

野崎さんはいそいそと歩きながら話す。そして、どんどん先に行き、ついに二階の角にある部屋の扉を開けた。私の胃がきゅんと萎縮した。

「さあ、ここにある作品は額に入っていないものもあるから、梱包はさらに慎重にしてもらわないとね」

部屋の中を見回しながら野崎さんが言った。私は小柄な野崎さんの背中を見つめながら、思い切って聞いてみた。

「あの……、以前お聞きした佐々谷啓斗さんの絵なんですけど、ここに全てあるんでしょうか？」

野崎さんが振り向いた。

「全て、と言いますと？」

「あの『午後のテラス』とか、他の作品も」

彼女は不思議に思っているのか考えているのか、一瞬曖昧な表情をした。

「そうそう、前にも聞かれたわね。『午後のテラス』のこと。すぐに思い出せなくてごめんなさいね。『午後のテラス』なら、確かこの部屋にあるはずよ。えっと……」

そう言って野崎さんは、カンヴァスに掛けられた白い布をさっと外し、壁に並べられた絵を探し始めた。

「どこだったかしらねえ……」

野崎さんの手が、一枚一枚カンヴァスを渡ってゆく。私はじっとその手を見つめながら、心音が益々激しく高鳴っていることを感じた。野崎さんの手は、ふとあるカンヴァスの上で止まった。

「あら、そうそう、これもあの子の作品だったわね。ほら、見て」

そう言って、野崎さんは私に、あのノートルダム大聖堂の光り輝く油絵を見せてくれた。

「彼の作品には温かみがあるのよね。描かれた建物や人物に、奥行きのある存在感があって命がある。オーナーも、彼の作品の中にそんな才能を感じていたの」

私に向けられたあのノートルダム大聖堂の輝き、それは彼の輝きだった。野崎さんはその絵を私に手渡すと、またカンヴァスの中を探し始めた。

「……あったわ。これね」

そう言って再び、大きなカンヴァスを引き抜いた。

「『午後のテラス』、そう言えば、うちで初めてカフェに飾った作品だったわねえ。このニュートラルな色彩が、妙にあのカフェに合っていた。あの頃はここの美術館も、カフェも多くの人で賑わっていたものよ。懐かしいわねえ」

野崎さんは、とても優しい目でその作品を眺めていた。

「あなたもよく覚えていてくれたわ。ありがとう」

「いいえ。私もこの絵が好きだったんです。私もこの絵に救われたというか、この絵をきっかけに変われたというか……。だから、どうしてもこの絵のことが心配で……、いいえ、もちろん、他の絵のことだって心配でした」

野崎さんは優しい笑顔で、何度も頷いた。

「彼は良い画家だわ。今もきっと、フランスで活躍しているはずよ。確か、何年か前に、パリで個展を開いたとか聞いたけれどね」

私の胸は熱くなる。

「そうなんですか……。彼は夢を実現しているんですね……」

野崎さんは黙って頷く。

「さあ、この絵達も、丁寧に梱包してもらわないとね」

その時、ちょうど作業員が三名、この部屋の扉をノックした。

「ちょうど良かったわ。この部屋の絵は、額に入っていないものもあるのよ。だから梱包は慎重に頼むわね。絶対に絵を汚さないように、傷付けないように頼んだわよ。保険には入ってはいるけれど、あなた達が払える金額じゃあないからね。くれぐれも慎重に」

「はい」

作業員達の緊張した返事が返ってきた。私と野崎さんは、彼らの慎重かつ丁寧な動きを見つめていた。その時、私はふとあることを思い出し慌てて言った。

「あの、佐々谷啓斗さんの絵は、あれだけでしょうか?」

私は、彼が描いてくれた肖像画のことを思い出したのだ。あれは誰が見ても私の顔だ。

野崎さんは不可解な顔をする。

「だと思うけれど、残りも見てみましょうか?」

私は黙って頷いた。あって欲しいような、野崎さんに見られては困るような、複雑な思いだった。でも、今探さなければ、彼の描いた私の肖像画は、永遠にわからなくなってしまうかもしれない、そんな思いがあった。私と野崎さんは、作業員の間を縫って、残りのカンヴァスを探し始めた。一枚一枚、眺めてゆく。彼の作品はその他に、セーヌ川を描いたものと、モンマルトルの丘を描いた油絵が出てきた。どちらの絵も、彼らしいのびやかな色彩と筆の運びで描かれている。そして、やはりカンヴァスの裏には、青の絵の具でケイト・ササガヤとサインされていた。

「あらあ、まだ二点もあったのねえ。私ったら、すっかり忘れて……。どちらも良い絵だわねえ」

野崎さんは感心して眺めた。そして、ついに私が探していた絵は、その部屋から見つからなかった。私はほっとしたような、がっかりしたような思いでいた。その時ふと、もしかしたらあの場面は、彼が私を描いてくれたという場面は、私の幻想だったのかもしれないとも思えてきたのだ。彼は確かに実在していた。けれど、彼と話したことや、彼と食事をしたこと、彼と接触したことの全てが、私の幻想だったのではないかと思えてきたのだ。そうなのかもしれない……。そうであるならば全て辻褄があう。納得しながらも、私は沈み込む心を感じた。全ては幻想であったのか。彼の眼差しも、彼の微笑みも、彼の救いも。

彼が確かに存在していたという、思いがけない大いなる喜び。けれど私と繋がる彼は、全て極めて曖昧なのだ。

「あの……、小野瀬さんって言いましたっけ、どうかなさいました？」

野崎さんが心配そうに、私の顔を覗き込んだ。私はふっと、顔を上げた。

「ああ、いいえ。何でもないです。今日は無理を言って、すみませんでした。ふと、会社のことを思い出して。突然遅刻しますって言って、こちらに来たものですから」

野崎さんはにこやかに言う。

「あらあ、それはいけないわ。早く会社に戻らないとね。今日はありがとう。あなたのお陰で良い思い出になったわよ」

「そんな、私こそ、本当にありがとうございました」

私達はその部屋を出ると、まだ作業員が気忙しく動き回る中、再び大理石の階段を下りていった。出口まで来ると野崎さんが言った。

「そうだ。ちょっと待っていて」

そう言って、彼女は慌しく受付の事務所の中に入っていった。そして、受付の小さな窓口から顔を覗かせて、パンフレットと封筒を差し出した。

「これ、ここの美術館のパンフレット。思い出に持っていて。それから、シャガールの絵葉書が何枚か入っているわ。今日のお礼よ」

野崎さんの笑顔が心に沁みて、私は嬉しいような切ないような気持ちで一杯になった。

「ありがとうございます。私、大切にします。野崎さん、新しい美術館でも、いらっしゃるんですよね？」

「ええ。定年まであと四年あるから、働かせてもらうわよ」

「良かった。私、また絶対に来ますから。野崎さんに会いに」

「ええ。そうしてちょうだい。待っているから。でも、かなり大きな建物になるみたいだから、完成するのはまだまだ当分先ね」

「わかりました。私、絶対に来ますから」

そう言って、私はまだ移送の作業が続く中、美術館を後にしたのだ。

第十一話　新しい美術館

そこは、広い美術館の中だった。彼の姿はない。幾重にも折れた廊下を、急ぎ足で彼を探す。その廊下の片側は全面ガラス張りになっており、庭園の緑と陽射しが明るく降り注いでいた。曲がり角を曲がる度に、期待と焦燥と不安の気持ちが入り混じる。

彼の姿を必死で探したけれど、気配さえ感じられなかった。私の歩調は自然とゆっくりになっていた。

〈もう、彼とは会えないかもしれない〉

そんな思いが胸を刺す。私はその美術館を出て、当てもなく歩いていた。気が付くとそこは、港の見える丘公園だった。遠い水平線とかもめの鳴く声が切なさを募らせる。強い海風が時折吹きつけ、風を避けようと横を向き、顔に掛かる髪を直そうとした時、ふと遠くのフェンスで海を見つめる彼の後ろ姿を見つけたのだ。心臓が激しく鼓動した。彼がいた。やっと、彼を見つけた。私は思わず駆け出していた。そして彼の背中まであと十数歩というところで、私はふと足を止めた。彼は私のことを覚えているだろうか。今、私の目の前で愛しいと思える彼の背中は、私がずっと探し続けていた背中だった。薄茶の髪が、時々風に揺れる。彼の肩が、海風が、ジャケットの皺を揺らす。彼は泣いているのだろうか。私は何も言えず、彼に近づくこともできずに、ただその愛しい背中を見つめているだけだった。私の胸には切なさが渦を巻いて、足元から崩れ落ちそうな感覚になった。私達の間を、時折り強い海風が吹き抜けていった。

「……いいえ。出会わない方が良かったなんて生き方は、寂し過ぎますよ。僕はずっと考えていました」

彼は突然、沈黙を破るように話し始めた。誰に話しているのだろうか。隣に長身で細身の老人が立っているが、彼もまた正面に広がる波立つ海をじっと眺めているだけだった。

「彼女と会えなくなってから、暗闇を彷徨い続けた長い時の間、考えていたんです。何故、僕達は出会ったのだろうか？　何故、彼女を好きになったのだろうか？　そして何故、彼女は去ったのだろうかって。答えを探そうとすればするほど、そこには彼女の居た時間が輝いていて、彼女は僕に希望と力をくれたんです。僕には本当に大切な人だった。……だから、だからそれが答えなんです。僕は短い人生の中で何億の人の中で尊い人と出会うことができた。それだけで充分幸せだったんだと、あなたと話していて、やっと気付きました」

彼は心の中にある消せない悲しみと向き合っていたのだ。彼のくぐもった声。恐らく彼の瞳からは涙が零れていたことだろう。隣の老人が静かに頷いていた。私の瞳からも涙が溢れた。

「……君には研ぎ澄まされた感性と、画才がある。繊細であるが故に、傷付くことも多かろう。しかし、画家としての天性を受けたのならば、君はその宿命を受け入れなければならない。恐らく時の流れは、君がその場所に留まってしまうべきではないことを、告げていたんじゃないだろうか。……君は、前に進まなければいけないよ。その才能をもっと高めるべきだ。……君は、フランスに行くべきだと思うがね。選りすぐりの芸術家が集まるフランスの美術専門学校で、世界の芸術のレベルの高さ、感性の鋭さを学ぶべきだと私は思う。才能を曇らせてはいけない。私が君だったら、絶対にそうするね、啓斗」

彼らは顔を見合わせた。老人は優しい横顔で頷いていた。しばらくの沈黙の後、彼が言った。

「……そうですね……。あなたと話せて良かった、館長」

少しやつれた彼の美しい横顔。彼の真っ直ぐな心は、彼を一層絵画の世界へと導くだろう。そうだ、老人の言うとおり、彼は世界のレベルを体験するべきだ。そうすればきっと、彼の才能はもっと開花するだろう。どうか彼の人生が、輝かしいものでありますように。どうか彼の人生が、彼の優しさと誠実さに見合ったものでありますようにと、私は遠くから切に祈った。それが私にできる全てだから。

やがて私は目を覚ました。一瞬、全てがわからなかった。けれど、やがてここはどこでもなく、子供達のいる自分の家だと気付く。ふと頬に手をやると、私の頬は濡れていた。その冷たさに、彼の憂いを思い出す。彼と会話をしたかった。けれど、私と彼を繋ぐものは何もない。そう、何もないのだ。彼は彼の人生を。私は、私の日常を精一杯生きるだけだ。

＊＊＊

あの日から一年以上が過ぎた。

野崎さんからもらった、あの蔦の絡まる美術館のパンフレット。中を開けばあの閑静な建物の外観と、館内のスポット写真が何パターンか載っていた。シャガールの『エッフェル塔の新郎新婦』、『彼女をめぐりて』、『華燭』のリトグラフの写真が、センス良くレイアウトされていた。あの野崎さんからもらったシャガールの絵葉書は、リビングの写真立てに三枚並べて飾ってある。それを眺める度に、彼をそして野崎さんの優しい笑顔を思い出した。

新しい都立美術館は、次の日曜日に開館予定だ。近頃テレビのニュースやワイドショーで度々取り上げられていた。テレビの映像で見る美術館は、賛否両論を得たフランスのルーブル美術館に負けじと、近代的で斬新なモダンアートを取り入れた建物だった。かつてのあの奥ゆかしい佇まいは、影さえもなかった。その大きな建物に、どんな作品が展示されるのであろうか。シャガールの尊厳は維持されているのであろうか、私は次の日曜日を感情が交錯する思いで待っていた。

その日曜日、新しい美術館の開館で混み合うことを想定し、私は子供達を連れて早めに渋谷へと向かった。美術館に近づくと、想像どおり長蛇の列が遠く離れた大通りまで続いていた。果たして、子供達はこの列に並んで待っていられるのだろうか。私は不安になった。一時間が過ぎ、一時間半が過ぎた。子供達は文句を言わないものの、二人とも疲れてしゃがみ込んでしまった。列に並ぶ多くの人々がその疲れの色を隠せずにいた。やがて列の前方からスタッフと書かれた名札を下げたスーツ姿の男性と女性が、何かを配りながらこちらへと歩いてくるのが見えた。どうやら整理券を配っているようだった。ついに、私達の目の前にその男性がやって来ると、私達に三枚整理券を手渡した。その券には、午後二時入館と印刷されていた。

「ただ今、入館制限を行っております。ご来場の方々に事故のないようご鑑賞頂くために、ご理解ご協力をお願い致します」

そう言いながら、その男性と女性は一人一人に券を配って歩いた。

「お母さん、二時まで入れないの？」

瑞希ががっかりした様子で話す。

「うん、そうだけれど、この整理券があるから、二時まで好きなところに行けるよ。まだ十一時前だから、また〈渋谷はるのおがわプレーパーク〉に行ってみる？」

子供達の顔がぱっと明るくなった。

「うん。それからエビフライとチョコレートパフェも」

と優希が言う。

「いいわよ。その代わり、午後はお母さんに付き合ってよね」

「もちろん」

子供達の顔は途端に明るくなった。


そうして私達が、やっと館内に入場できたのは午後二時半を少し廻った頃だった。入り口には贈り主の名前の入った盛り花が所狭しと飾られており、この美術館の開館の影響力を感じた。モダンな制服を着た綺麗な受付嬢達が、一定のリズムでにこやかにお辞儀をする。野崎さんの時とは随分と趣が違う。近代的建物の造り、この無機質な匂い、どこか幾何学的で近未来的な印象を受けた。入館制限をしたものの、館内には多くの人々が何重にも列をなしていた。私達は回りに圧倒されながらも列に沿って、奥へ奥へと足を進めた。白い壁には著名な画家のデッサンや素描画、油絵、そしてゴーギャンやモネといった海外の名画も数点展示されており、見所は満載だった。想像より大きなカンヴァスの並んだ壁には、ヨーロッパの風景画が多いようだった。

ふと気付けば、館内は自然光を上手に取り入れた造りになっていた。建物の途中に全面ガラス張りの渡り廊下があった。そこからは青空や庭園の緑を観賞できるような造りになっていた。私は今更のように、モダンアートのこの建物に感心していた。渡り廊下の先は、展示場が段々と幾重にも折れた造りになっており、数点ずつ飾られた絵画が、その奥行きを強調していた。その左側の壁は、やはりガラス張りになっていて、庭園の緑が目に優しかった。さらに奥に進むと洒落たティールームがある。私は子供達と顔を見合わせ、早速そのティールームに立ち寄った。大理石のテーブルに桜色のテーブルクロス、椅子の革張りの部分も桜色だった。どのテーブルにも、ピンクのスイートピーが一輪ずつ飾られ、同系色で統一されたその空間は、落ち着きと安らぎを与えてくれた。私達はケーキセットを注文し、子供達も私もアフタヌーンティーを楽しむことができた。

まだ混み合う館内を、私達は奥の間へと進む。私はまだシャガールにも彼の油絵にも、そして野崎さんにも会っていない。人の波に乗って、私達がたどり着いた場所は、この美術館の一番奥と思われる場所だった。天井が高く、広く開けたその場所は、やはり太陽光を上手く取り入れ、明るく神聖な空気が漂っていた。床の大理石や、まるで教会の祭壇のような正面の壁には、細長い明かり取りの填め込みガラスが両サイドに造られ、そしてその中央には三枚のシャガールのリトグラフが、あの黄金の額縁のまま神々しく輝いていた。

まるで私達親子を待っていたかのように。私の心は感動で震えた。こんな素敵な場所で、巨匠マルク・シャガールに再会できたのだ。シャガールの深い人間愛や平和への強い祈りは、今も尚、観る人の心に訴えかける。

「お母さん、この絵、ここにあったんだね」

「良かったね、お母さん。こんなに綺麗に飾ってあって」

「本当、良かったわ」

私は絵をじっと見つめたまま言った。子供達も私を真似て、じっと絵を見つめていた。まるで巨匠シャガールからエナジーを引き継ぐかのように。

陽射しが少し傾きかけた頃、私達は別の通路から出口へと向かった。その通路には日本人画家の水彩画や水墨画、油絵の作品が展示されていた。油絵の壁まで来た時、私は大きな期待感に胸が高鳴った。一歩二歩と足を進めた時私の足を止めたのは、懐かしい香りが漂うカンヴァスだった。それは見覚えのあるのびのびとした筆の運び、開放感に満ちた束縛のない色調、その作者はやはり佐々谷啓斗だった。題名は『オペラ座』、そして『凱旋門』。恐らく彼がフランスで描いたものだ。その絵から、彼の充実した画家としての人生が見えるようだった。絵に描かれている人々の呼吸が聞こえてきそうな描写、多彩な色調、光と影。彼が話していたように、精神で描く絵、魂で描く絵そのものなのだ。だから彼の絵は、観る人の心を捉えるのだろう。プレートに刻まれた『佐々谷　啓斗』という名が愛おしかった。

「お母さん、どうしたの？」

「お母さん、もう行こう」

瑞希と優希に催促され、私はふっと我に返る。

「そうね、もう行きましょう」

彼の息遣いのする肉筆画の前から離れ難い気持ちであったが、私は自分の気持ちに終止符を打たなければならないだろう。美術館の出口はすぐそこにあった。

私達がエントランスに着くと、ロープの向こう側ではまだ、これから入館する人々が何重もの列を作っていた。美術館のカタログや絵葉書が置かれている出口側のカウンターを子供達の手を引いて足早に通り過ぎようとした時、カウンターの隣から声をかけてきた人がいた。私が振り返ると、そこにはあの野崎さんがにこやかに立っていたのだ。

「あらあ、小野瀬さん。初日に来てくれたのね。嬉しいわあ」

私は野崎さんの優しい面差しと、独特のイントネーションのある穏やかな口調に懐かしさて一杯になった。

「お久しぶりです。お元気そうで良かった」

「今日は混んでいて、大変だったでしょう」

野崎さんは気の毒そうに言った。

「ええ、まあ。でも、今日をとても楽しみにしていたんです。だから、早く来たくて」

野崎さんは優しく微笑んだ。

「どうでした、新しい館内は？」

「ええ、とても感動しました。自然の光を上手く取り入れてとても感じの良い美術館ですね」

「そうなのよねえ。実は私も、結構感激したのよ」

「新しい美術館が、野崎さんにとって馴染みやすいものでほっとしました」

「あらあ、ありがとう。心配してくれて。あら、こちらは小野瀬さんのお嬢さん？」

先程から私達の会話の様子を、そばでじっと見ていた子供達が、野崎さんと目が合ってにっこりした。

「ええ。長女の瑞希と、次女の優希です」

二人はぺこんと頭を下げた。

「まあ、かわいいわねえ。おばさんのところには、子供がいないから羨ましいわあ。そうそう、ちょっと待っててね」

そう言って野崎さんがカウンターに入ると、二人に美術館の外装が印刷されたチョコレートを一枚ずつくれた。子供達は大喜びだった。

「どうもありがとう」

「ありがとうございます」

子供達がお礼を言うのと、私がお礼を言うのが同時だった。

「あらあ、いいのよ。そうそう、館長に会った？」

「えっ？　いいえ」

私は野崎さんの問いが不可解だった。

「あらあ、やだ。ここの館長なのよ、あの佐々谷啓斗君」

私は一瞬、自分の耳を疑った。

「えっ？」

「あらあ、知らなかったの？　彼、ここの館長として、凱旋帰国したのよ。彼の絵も観たでしょう?」

私の体に電撃が走った。あまりの衝撃に言葉を失ってしまった。なんという偶然なのであろうか。現実と非現実との境に足が竦む思いがした。今、様々な思いが頭を駆け巡り、一気に訪れた現実に目眩がしそうだった。

「待っていて。今呼んでくるから」

野崎さんはにこやかに言う。私は野崎さんを何とか止めなければと大いに慌てた。

「あっいいえ、いいんです。野崎さん、ほんとうにいいんです」

「大丈夫よ。今の時間なら、館長も体が空くと思うから。せっかくなんだから、会っていらしたら」

「野崎さん、ほんとうにいいんです」

私の返答も聞こえていないのか、野崎さんは事務所に向かってしまった。私は今起きた現実を、まだ受け入れられないでいた。彼がいる。この場所に彼が存在するのだ。彼には会いたかった。そして言葉を交わしたかった。けれど何が現実で何が幻想なのか、私には把握できていないのだ。彼は私のことを知っているのだろうか。私はもうこれ以上、傷付くことが嫌だった。私の尊い思い出が、本当の幻になってしまうことが怖かった。それは彼を永遠に失うことのように思えた。そう思った次の瞬間、私は夢中で子供達の手を握り、都立美術館を飛び出していた。

埼京線に乗っても私はまだ動揺していた。確かに、私はこれまで彼の存在を探し、強く追い求めていた。けれど心の片隅で幻に恋をしていると悟る自分もいたのだ。現実に目を向けなければと諌める自分もいた。それが突然、何の予告もなく彼と同じ空間にいることを知らされ、彼と対面できると言われても、私には何の心の準備も覚悟もできていなかった。私はどうすれば良かったのだろう……。

夜になっても、私は眠ることができなかった。あのモダンな建物と、教会の祭壇のように掲げられた巨匠マルク・シャガールとの再会。そして何より、突然の現実の佐々谷啓斗の出現。

そもそも全ては、あの蔦の絡まる旧美術館から始まったのだ。私が二十年ぶりであの旧美術館を見つけた日から。この魔法は一体どんな結末を用意しているのだろうか。私は何を覚悟したら良いのであろう。私はどこに流れ着くのだろう。あどけない子供達の寝顔を見つめながら、私は大きく渦を巻く現実に翻弄されていた。

第十二話　文化の日

嵐の前触れなのか、私の思い過ごしなのか、あの新美術館開館の日からは静かな時間が流れていた。幻想に手を伸ばそうと、もがいていた日々があった。自分からかけ離れた理想を追い求めることは過酷なことだ。私は現実逃避を止め、夢を封印するのだ。今ある小さな幸せに目を向け、生きてゆこうと決めたのだ。小さな町だけれど慣れ親しんだ町であるし、子供達は素直にすくすくと育ち、自分もこうして元気で働いている。それが幸せであることを悟ったはずだった。シャガールが小さな素朴な祖国を愛したように、私もこの私を取り囲む環境に幸せを感じながら生きようと決めたのだ。私は変わらなければいけない。強くて優しい母親に変わらなければいけない。

私は今日も自転車のペダルをこぎ、職場へと向かう。明日の幸せを信じて、軽やかな風をきって自転車を走らせるのだ。

　毎月、月末はやって来る。私はいつものように渋谷まで集金に向かう。私は故意に、美術館のことは考えまいと決めていた。あの日から、何ヶ月が過ぎたであろうか。春風が木枯らしに変わっていた。その日、ふと私は渋谷駅の構内で、都立美術館のポスターを見かけた。多くの人々が行き交う雑踏の中で、そのポスターの端の数箇所には色褪せと破れがあった。ポスターにはシャガールの特別記念展の内容が記載されていた。今年は彼の生誕百三十周年にあたるそうだ。企画にはもちろん、館長佐々谷啓斗の意向が反映されていることだろう。彼はどんな企画を練ったのであろうか。敬愛するマルク・シャガールの生誕百三十周年記念だ。私の中で、その特別記念展を観てみたいという思いが燻り始めた。しかしそれと同時に、あの美術館を再び訪れることに怖さも感じていたのだ。

＊＊＊

　暖かな祭日、子供達は早朝から私の両親に連れられ、ワールドアドベンチャーパークに遊びに行っていた。私がシングルになってから、それが我が家の恒例行事となっていた。私は晴れることの多いこの祭日が好きだった。そしてまた一人になれるこの祭日が好きだった。一人の時間は、平常時にはない穏やかさで時間が流れてゆく。家事を早々に終わらせた私は、ソファーに深々と腰を下ろし、熱くこっくりとしたミルクティーを飲む。さささやかな至福の時間が心に広がった。私はテレビのリモコンを押した。ある番組でヴァチカン市国、システィーナ礼拝堂の壁画復元作業が映し出されていた。私は毎年文化の日に、この十年掛かりのプロジェクト番組が放送されることを思い出した。巨匠ミケランジェロの重厚感溢れるフレスコ画は、旧約聖書の創世記を壮大に描いている。少しずつ復元されてゆくバベルの塔や、ノアの箱舟の鮮やかな顔料のその色彩と陰影。巨匠ミケランジェロの超越した感性が、今まさにイタリア人の気質によって蘇る。彼らの手先の器用さ、律儀さ、芸術を深く敬愛する心が彼らを情熱的に、かつ冷静に長期に亘る芸術作品の復元作業に挑ませるのであろう。歴史が、芸術が、一刻一刻と蘇るのだ。

私はふと、野崎さんがくれたシャガールの絵葉書に目がいった。あの趣のあった美術館。そしてそれと同時に、シャガールの生誕百三十周年記念特別展が新美術館で開催されていることを思い出させた。今の私に、彼に会う勇気があるだろうか。怖いと思いながらも、日が過ぎるにつれて会ってみたいという気持ちが膨らみ始めていることは否めなかった。沈黙の時間が刻々と流れていた。私の頭の中には、ずっと二つの思いが揺れ動いていた。

と、その時、壁掛け時計の文字盤から『イッツ・ア・スモールワールド』の人形達が飛び出し、メロディーに合わせ踊り始めた。私はどきりとして時計を見上げた。針は十一時を示していた。次の瞬間、私はソファーから立ち上がり、ある決意で外出する支度を始めていたのだ。

＊＊＊

文化の日、その建物は、暖かい陽射しに輝いていた。私はとても緊張していた。入館に並ぶ列の最後尾に付き、心臓の高鳴りを沈めようと深い呼吸をした。一時間が過ぎようとしていた。やがて建物の入り口に入ると、駅で見たポスターと同じデザインの大きなタペストリーが何枚も壁に飾られていた。『20世紀を代表する巨匠マルク・シャガール』という金文字が輝く。受付嬢達はあの日と同じようにマニュアルどおりに一定のリズムで模《かたど》られた笑顔でお辞儀を繰り返した。微かな期待と大きな不安が胸に渦を巻いた。

会場に一歩足を踏み入れた瞬間、私ははっと息を飲んだ。その入り口は、その一歩からもうあの偉大なマルク・シャガールの世界に包まれていたのだ。壁も天井もその世界の一面が、色彩のマジシャン、シャガールの群青色の世界だった。大きなパネルには彼の生い立ち、セピア色の家族写真、独身の頃の彼のポートレートが飾られていた。そして、彼が愛した祖国ヴィテブスクの景色が写し出されていた。ヴィテブスクは、現在はベラルーシ共和国として存在する。やがて、彼は最愛の妻ベラと出会うのだ。二人の仲むつまじいポートレートが微笑む。貧しかったシャガールはベラから誕生日に花束を贈られ、彼はその時初めて、花束の美しさを知ったのだと言う。彼の思う花束の美しさは、ベラの美しさ、自然が生み出したものの美しさ、愛の美しさを物語っていた。だから彼の作品の多くには、花束が描かれている。花束はベラの象徴、愛の象徴であったのだ。そこここに溢れるシャガールの強いメッセージは、そのまま彼の、佐々谷啓斗のメッセージでもあるようだった。

ガラス張りの渡り廊下を歩く。まろやかな陽射しが降り注いでいた。庭園の景色と調和するその廊下の先には、まだまだ続くシャガールの幻想の宇宙が、彼の世界があった。

私は一歩、また一歩と、彼の深い懐の中に抱かれてゆくような感覚を覚えた。美術史で見る天才と言われたシャガールを含む著名な画家達。彼等でさえ時代の流れや人間の感情に翻弄され、数々の歓喜や辛酸を経験し生きていたのだ。我々無名な平凡な人間と少しも変わらない一日一日が、彼らの人生を造っていたのだ。栄光だけを折り畳んだ伝説の裏側には、嘆きや悲しみがあり、それらを必死で乗り超えてゆくごく普通の人間の姿があったのだ。シャガールの色彩に、力強い生命力や、魂の清らかさが溢れているのは、彼がナチスに迫害され、彼が生きる現実と、信念の矛盾に苦しみ、宇宙の真理と言える神の言葉に深く救いを求めていたからかもしれない。カンヴァスの中に広がるシャガールの平和への願い、人間愛は、百三十年が過ぎた今でも、人々の心に深く響いている。そして、その根底には、彼の人となりを誠実に伝えようとした佐々谷啓斗の情熱と優しさが後押しをしていたのだと思う。

そんな思いを巡らせながら私の足は、この美術館の一番奥の間に辿り着いた。その入り口に入れば、教会のような厳かな空気が漂っている。高い天井、真っ白な壁、細長く切り取られた明かり取りのガラス、その光を反射する明るい大理石の床、そしてそこに存在するシャガールの絵画。多くの鑑賞者がいるにも拘らず、誰もが寡黙のまま彼の世界に魅了されていた。人々の頭の上に見上げたその絵は、『エッフェル塔の新郎新婦』、『華燭』、『彼女をめぐりて』の三点の原画だった。この絵はまさしく、シャガール自身が生きてきた証なのだ。長い歴史を経て、様々な人々の心を躍らせ、こうして海を渡って、ここに、この場所にやってきたのだ。遠い昔、横浜の美術館で彼と観たオリジナルの油絵。いいや正確には油絵を観た夢だ。けれどあの時の感動やときめきは、私にとって本物だった。何が現実で、何が夢かなどわかりようもなく、今、息をしているこの世界さえ曖昧なのではないかと思えた。もし真実が一つと言うならば、真実とは魂の中にこそ存在すると私は思うのだ。

第十三話　再会

そして、私は柔らかな陽が降り注ぐこの場所で、真実を見つけた。呼吸をすることも忘れるくらいに、私は大いに驚いていた。それでも初めは彼だとはなかなか確信がもてないでいた。人垣の隙間からシャガールを見つめる澄んだ瞳と、長身に薄茶のさらさらとした髪の横顔を見つけた時、私は彼に違いないと思った。けれど、緊張しながらもよくよく彼を見つめていると、どこか彼ではないような気もしてきたのだ。夢の中の記憶の全てが、曖昧にも思えていた。初めて会ったカフェでのあまりにも美しかった彼の笑顔と、海を背景にした端正な顔立ち、すらりと伸びた長身、彼自身の全てが絵画から飛び出したような美しさを持っていた。その時、ふとその人物の横から姿を現したのは、あの小柄な野崎さんだった。野崎さんは手にバインダーを持ち、何かその人物と打ち合わせでもしているように、メモを取りながら話をしていた。私はとっさに引き返そうかと思ったが、同じタイミングで野崎さんに気付かれてしまったのだ。

「あらあ、小野瀬さん？　小野瀬さんじゃないの？」

と野崎さんは私に声を掛けた。私は慌てて頭を下げた。その時、野崎さんの隣にいた人物が私に視線を送った。やはり彼なのだろうか。私は慌ててもう一度頭を下げ、彼も会釈を返してくれた。野崎さんとその男性が、こちらに向かって歩いてくる。私にはもう逃げ場がなかった。

「小野瀬さん、また来てくれたのねえ。シャガールの特別記念展だから、きっと来てくれるとは思っていたけれど、良かったわあ」

私は前回、逃げるようにして彼女の前から去ったことに気まずい思いがあった。

「あの時はどうもすみませんでした。子供が急にお腹が痛いって言ったものですから」

と私は空々しい嘘をついた。けれど、野崎さんは前回のことなど気にしていないような素振りだった。

「館長、こちらが前にお話をした小野瀬さんです。シャガールがとてもお好きで、館長の絵もとても気にされていた女性ですよ」

野崎さんがそう隣の男性に話をすると、その人はにこやかな顔で私を見つめた。私の心臓は壊れそうなくらい激しく鼓動した。この人が佐々谷啓斗。この人が幻の彼なんだ。

「どうも初めまして。館長の佐々谷です。野崎からあなたのことを伺っております。来館、ありがとうございます。今回の特別記念展はいかがですか？」

彼の声は低く、表情も以前とは違って見えた。この人は本当に幻の彼なのだろうか。夢の中で会った時より、はるかに年上に思えた。やはりこの人は、私のことなど全く知らないのだ。

「小野瀬です、初めまして。とても素晴らしい展示会ですね。マルク・シャガールの人間性が伝わるとても素敵な展示だと思います」

「小野瀬さん、今日はお子さんは？」

と野崎さん。

「ええ、今日はお祖父ちゃん達とワールドアドベンチャーパークに行っているんです」

「あらあ、残念だわ。会いたかったのに」

腕時計を見ると彼が言った。

「あの小野瀬さん、残念ですが僕はこれで失礼しなければなりません。間もなくこちらに都知事がみえるので、私は接待に向かわなければなりません。でも、もし良かったら、ティールームでごゆっくりしていってください。野崎に案内させますので」

彼はそう言うと私に会釈をして美術館の入り口の方へ立ち去って行った。再会した彼の後ろ姿は、あの頃の華奢なイメージはなく凛々しさを漂わせていた。

「小野瀬さん、こちらへどうぞ」

私は野崎さんの後について歩いた。そこは前回も立ち寄った桜色で統一されたティールームだった。野崎さんは私を窓側の席に促すと、紅茶を二つ注文した。

「館長に小野瀬さんのことをお話ししたら、とても喜んでいたのよ。あの昔の美術館や作品を大切に思ってくれる人がいるのは嬉しいことだって。新しい美術館もそんな美術館にしたいって言っていたわ。昔の美術館の館長と佐々谷館長はとても親しくしていたの。だからこの美術館は、前館長の大切な遺産だと佐々谷館長はよく言っているわ」

「そうなんですか。……あの、佐々谷館長はお幾つなんですか？」

「確か四十二歳よ」

彼は四十二歳なのだ。

「そうですか。お若いのに凄いですね」

私は今起きている出来事が、まだ信じきれない思いだった。夢の中の彼が実在し、その彼と会ったのだ。会話を交わし、その彼は実際には私と同年代だと言う。佐々谷啓斗という人物と私は、一体どんな繋がりがあるというのだろうか。あの幻想は何のために度々私の夢の中に現れたのだろうか……。いくら考えても、私の思考の中から答えなど出てきそうもなかった。文化の日の美術館は、魔法にかけられているのであろうか。

ティールームから見える景色は空が青く澄み渡り、庭園の緑も美しかった。私はこんな景色を夢の中で見たような気がしていた。館内はまだまだ多くの人々で賑わい、彼のシャガール生誕百三十周年記念企画は成功したのだと感じた。

紅茶を挟み野崎さんと会話が弾んでいた時、ティールームに突然佐々谷啓斗がやって来たのだ。再び私の全身に緊張感が走った。

「野崎さん、ありがとう。都知事が思ったより早く帰られたんだ。この集客人数に都知事も満足されて帰られたよ。良かった」

そう言って彼は私達のテーブルに着いた。

「実は、野崎から小野瀬さんのお話を聞いて、ずっとお話がしたいと思っていたんです」

私の知らない四十二歳の彼に正面からそう言われ、私の緊張感は一層高まっていった。

「シャガールがお好きだとか。実は僕もシャガールがとても好きでして」

私ははっとする。そうだ、この会話。この会話から始まったのだ。その時、野崎さんが席を立った。

「館長、私は事務所に戻りますね。小野瀬さん、またね。ごゆっくり」

私は野崎さんに頭を下げた。その時テーブルに彼が頼んだのであろう珈琲と新しいティポットが運ばれてきた。ウエイトレスは私のカップに湯気の立つ紅茶を注ぎ足し、彼の前には珈琲カップを置いていった。ふと気付けば、テーブルは彼と私だけの空間だった。彼は何を話すつもりなのだろうか。彼はゆっくりと湯気の立つ珈琲を飲んだ。

「お子さんがいらっしゃるとか。お時間は大丈夫ですか？」

カップを置きながら、徐に彼が話す。

「ええ。今日は夕食を済ませてくると言っていたので」

「そうですか。お子さんのいる家庭、お幸せそうですね」

彼は何も知らない。

「幸せです」

彼は優しい瞳で微笑んだ。その澄んだ大きな瞳は間違いなく、幻想の彼の瞳であった。

「あの、佐々谷さんはお子さんはいらっしゃらないんですか？」

私はどきどきしながら尋ねた。

「ええ。僕はいい歳をして独身なんです」

そう言って彼ははにかむように微笑んだ。

「ごめんなさい」

「いいんですよ。よく聞かれますから」

彼に聞きたいことは山ほどあった。でも何からどう切り出したらいいのか、私の質問は全てとりとめもないことのようにも思えた。幻想は私ひとりのもので、彼には知り得ないことなのかもしれないとも思えたのだ。

「佐々谷さん、フランスでは随分と活躍されていたとか？」

優しい瞳が私を見ている。外見がどことなく違っていても、彼から感じられる穏やかな空気は私の知る愛おしい彼のままだった。

「とんでもない。僕なんてまだまだです。ただ運が良かっただけです。フランスに渡って二十年が過ぎました。早かったような長かったような気がします。いろいろなことを経験させてもらいました」

いろいろなこと……私はセピア色の幻想の中で見た彼の悲しみに苦悩する切ない表情を思い出していた。

「そうですね。人生って思いがけないことがたくさんありますものね」

「本当にそうですね」

彼の瞳は遥かかなたを眺めていた。彼の見つめる遥かかなたは、どんな景色だったのだろうか。それは遠い遠い記憶で、私の不確かな記憶と重なるものなのであろうか。

「あの、何をきっかけにフランスに留学をされたのですか？」

私は勇気を出し、その質問を投げかけてみた。するとちょうどその時、ティールームに団体客が流れ込み、静かだったその場所がにわかに騒がしくなり始めたのだ。

「ちょっと騒々しいですね。小野瀬さん、お時間は大丈夫ですか？　もし良かったら、場所を変えてお話をしませんか？」

彼は私の質問を怪訝に思うこともなく、私に話を聞かせてくれるつもりでいるのだ。

「私は大丈夫です。そうしましょう」

と答えると、彼の後について賑やかなティールームを後にした。彼は既に慣れた美術館の奥にある館長室に私を案内した。

「どうぞ」

彼が扉を開けたその部屋は、こじんまりとしていて使い勝手の良さそうなデスクと上品なソファーが置かれ、清潔感と落ち着きのある印象を与えた。彼に促され私がその革張りのソファーに腰掛けた時、突然私の体に大きな戦慄が奔《はし》った。心臓は高鳴り、私は自分が見ているものが信じられなかった。館長室の白い壁に飾られていた一枚の油絵。その絵は不確かな夢の世界で彼が描いてくれた私の肖像画とよく似ていたのだ。場面も構成もとてもよく似ていた。けれど、そこで微笑むその女性は私自身ではなかった。まさかという思い、存在するという現実、私の頭は混乱の渦に飲み込まれていた。心臓が激しく鼓動した。淡い色彩の世界、桜色の頬で優しく微笑む女性。それは穏やかで安らぎに満ちた表情だった。それはあの時の私の心情だ。幻の絵は現存した。いいや、本当は存在などしていなかったのだ。目の前の美しい女性は私の全く知らない人物だった。込み上げた切ない懐かしさは、やがて深い闇夜の絶望感に変わり、私の心を切り刻んでいった。不思議な世界の出来事は、やはり幻のまま私の胸の中だけの世界だったのだ。

「小野瀬さん？」

彼は私の異変に気付いたようだった。

「あっ、ごめんなさい。あまりに絵が素敵だったので……」

彼は弱々しく微笑んだ。幻の彼を知るごとに彼の人間性や感性に惹かれていったのだ。

その感情は私に生きることへの情熱を呼び起こしてくれたというのに。

「ありがとう。でもあまり良い出来ではないんです。でも僕には思い出深い絵なので……」

やはり私と彼を繋ぐものは、何もなかったのだ。どんなに彼を愛おしんでも、幻を手繰り寄せることはできないのだ。あまりに切ない現実。やっと彼の存在を見つけたというのに。そして、この美術館まで再びやって来たというのに。今、こうして彼が描いた油絵と対面して、私は一体どうしたら良いのだろう。そこに描かれた女性は、私ではないのだ。深い絶望感が、私の心を闇に吸い込んでゆく。私の頬に熱い涙が伝った。こんな場面で泣いてはいけなかったのに、それは後から後から溢れてきて、私は戸惑いながらも涙を止めることができなかった。

「あの、もしかしてあなたは麗《れい》を知っているのですか？」

それは思いがけない彼の問い掛けだった。

「えっ？」

「あなたは麗の知人なのでは？」

私は言葉にならず黙ったまま首を横に振った。彼の表情に憂いが浮かんだ。彼女は彼の恋人なのだ。

「彼女があんな亡くなり方をして、もう二十年が過ぎました」

私は思わずハンカチで拭う手を止めた。

「美大の卒業も待たずに二十二歳で亡くなってしまうなんて運命はあまりに残酷です……僕は彼女と結婚するつもりでいました。彼女から返事はもらえませんでしたけど。……とても聡明で優しい彼女が、何の前触れもなく、突然くも膜下出血で亡くなってしまうなんて……」

涙に濡れた感情が一瞬に停止した。二十二歳でくも膜下出血で亡くなった……。今まで雑然としていたパズルのピースが、今揃い始めようとしている気がした。私は彼が描いた肖像画の彼女の面差しを再び見つめた。優しく微笑みとても美しい女性だった。『君とは同じ空気、気質を感じる』それは彼女に告げた言葉だったのだ。私が見てきた数々の幻想は、もしかしたら彼女の見てきた映像なのか……。彼女の実体験だったのではないだろうか……。もしかしたら……私の感情さえも、彼女の感情の投影だったのであろうか……。

館長室の窓から見える小さな空が、橙色に染まり始めていた。私はふとあの夕焼けの港で見た儚げな今にも壊れそうな彼の後ろ姿を、あの日の冷たい風と共に思い出していた。

あの時、彼は必死に彼女の死を受け止めようとしていたのだ。彼の心はどんなに冷たく暗い海の底を彷徨っていたことであろうか。最愛の人との永遠の別れ。私には想像するに余りある苦しみに思え、一層切なさを募らせたのだ。

＊＊＊

その夜、子供達は興奮しながら楽しかった一日をいろいろと話してくれた。ワールドアドベンチャーパークのキャラクターのカチューシャを付けた子供達の無邪気な笑顔が愛くるしかった。それから間もなく子供達はさすがに疲れたとみえて、お風呂に入ると九時半にはぐっすりと眠ってしまったのだ。

静まり返ったキッチンで私は一人、子供達が使ったコップやお皿の洗い物をしていた。目まぐるしく様々な出来事が起こった一日に、私の心はまだ混乱していた。彼が企画した素晴らしかったシャガールの百三十周年記念展、思いがけず出会った現実の佐々谷啓斗、そして彼女の肖像画とその死。私が今まで見てきた幻は、本当に彼女の人生の記憶だったのだろうか……。私は、私の思いは本物だったのだろうか。果たして彼女の思いだったのだろうか……。私は再び涙が溢れそうになった。私は冷静になる必要があった。私はキッチンの洗い物を途中で止め、誰もいないテーブルに一人座った。

　私が不思議な幻想を見るようになったのは、二十年という時を経てあの蔦の絡まる美術館の前を通ってからだった。幻想の中の世界があの旧美術館を中心に展開されていたのは、私の強い憧憬がそんな夢を見せるのだと、私の現実逃避なのだとずっと思っていた。けれど幻の彼は実在していた。二十年という時空を超えて私は、彼と彼女の思い出の時間を垣間見てきたのだろうか……。

　……恐らく私が見てきたのは彼女の心の中の思い出だ。二十二歳という若さでの突然の死。この世に消し去れない未練の思いがあったとしても、それは充分にわかることだ。あまりに切な過ぎる不幸。私の幻想が正しいのであれば、彼女はあの美術館のアトリエで亡くなっているのだ。しかも彼からプロポーズをされたその日に。彼女には輝かしい未来が待っていたはずだった。相思相愛だった彼との結婚と、二人で芸術の世界を高め合うという未来。どんなにか心残りであったろうか。大学の卒業を目の前にしてまだ二十二歳という若さで、あんなに美しい人が命を落とすなんて……。恐らく、彼女の魂はずっとあの旧美術館に留まり続けていたのだ。彼女の熱い思いは眠れぬまま美術館に留まり続けていたからこそ、旧美術館が取り壊されることになり、私に彼への思いを伝えてほしかったのかもしれない。……けれど何故、彼女は会ったこともない私に、その思いを託したかったのであろうか……。もうあの美術館は跡形もなく取り壊されてしまった。そして後に建てられた都立美術館では、館長としてフランスから帰国した彼が着任している。それはやはり、彼女が彼を呼び戻したということなのであろうか……。

一連のこのことを、彼に伝えるべきなのか私は迷った。確固とした根拠のない幻想の物語だ。不確かな私の幻想を伝えることによって、かえって彼を傷付けてしまうことが怖かった。私はどうしたらいいのだろう……。

第十四話　二十年

気が付けば私はまた、都立美術館の前まで来ていた。彼女の目を通して知った彼ではあったが、現実の彼に会ってもやはり私は彼に対する思いを消せないでいた。集金の日、わざと遠回りをした。シャガールの特別記念展は十二月七日で終了する。その展示会が終了するといっても、この美術館がなくなるわけではないのだが、何か急かされるような思いがあった。生憎、集金日の三十日は雨で、私は傘の中から美術館を見上げていた。ちょうどその時、コンビニエンスストアーの袋を提げた野崎さんが美術館に戻ってきたところだった。野崎さんはいつもの温かな笑顔で私を迎えてくれた。

「やあね、雨って。さあ、お入りなさいよ」

そう言って野崎さんは私を職員通用口から中に入れてくれた。

「今日は寒い雨ねえ。さあ、コートを貸してちょうだい。今からお昼なのよ。温かい紅茶を入れるわね。座って、座って」

野崎さんは自分のコートと私のコートをハンガーに掛け、私をソファーに座らせると六畳の休憩所の中にある給湯場に向かった。

「館長は三時まで会議で外出なのよ。今日は代休の職員も多くて、なんだか忙しかったから お昼もすっかり遅くなっちゃったわ」

野崎さんはお盆にティーカップを二つ載せ戻ってきた。

「ごめんなさいねえ。私、お弁当を頂きながらでもいいかしら。二時半には受付に戻らないといけないから」

「あっ、私こそごめんなさい。本当は集金で渋谷に来ただけなんです。でも……、渋谷に来ると、どうしてもこの美術館のことが気になってしまって……」

野崎さんはにこっと笑った。

「わかるわよお。なんと言ってもシャガールの特別展ですもの……。みんな彼が好きよねえ……」

野崎さんの言葉にどきりとした。もちろん野崎さんが言った彼とは、シャガールのことなのだとわかっている。けれど、私はその野崎さんの言葉で、そうだ、私はやはり私の気持ちとして彼が、佐々谷啓斗が好きなのだと思ったのだ。そして私はもう一度彼女と、彼が描いた彼女の肖像画と対面してみたいと思った。しかし、彼女の肖像画は館長室にあり、生真面目な野崎さんが館長の留守に快く見せてくれるとは思えなかった。その時ふと、野崎さんは彼女の存在を知っていたのだろうかと思った。幻想によれば彼女もよく旧美術館を訪れていたはずだ。

「あの、野崎さん。野崎さんは佐々谷館長が旧美術館でアルバイトをされていた二十代の時のことをよく覚えていらっしゃいますか？」

私の質問に野崎さんは不思議そうな顔をした。

「佐々谷館長が当時、お付き合いされていた女性のことを何かご存じないでしょうか？」

「そうねえ……、時々女性と一緒だったところを見たことがあったかもしれないわねえ……。でも、どんな人だったかはわからないわねえ」

「そうですか……。それでは旧美術館の二階の一室を、佐々谷館長がアトリエにされていたことはご存じないでしょうか？」

「それは知ってるわよ。前館長が佐々谷館長の才能をかっていたからねえ。……そうねえ、そう言えばそのアトリエに彼女らしき人が来ていたわねえ」

私はどきりとした。

「それなら、野崎さんはその女性とお話をされたことはなかったのですか？」

「ええ、なかったわねえ。佐々谷館長も恥ずかしがり屋だったから、彼女がいるなんて一言も言わなかったしねえ」

「そうですか……。それなら、その女性が亡くなったこともご存じないですよね」

野崎さんは驚いた顔をした。

「あらあ、その人、亡くなったの？　いつのこと？　お幾つで？」

「二十年前の話です。それも二十二歳で」

「あらあ、お気の毒ねえ。そんな若くして」

そうして私は、たとえ野崎さんが信じてくれなくとも、これまでの夢の経緯を話してみようと思ったのだ。野崎さんは真剣な表情で時々頷きながら、最後まで話を聞いてくれた。

「そんなことがあったのねえ。私はあの美術館に長く勤めていたけれど、その女性があの部屋で亡くなられていたなんて、全く知らなかったわ。きっと前館長が佐々谷館長のためにずっと伏せていたのねえ。でも、本当に気の毒な話ねえ……。その彼女も佐々谷館長も」

「私は何故、そんな夢を見続けたのでしょうか？　私は何故、彼女に選ばれたのでしょう？　彼女は、私に何を託したかったのでしょうか？」

　野崎さんも考え込んでしまった。

「……そうねえ、きっと彼女はあの美術館が壊されることを知っていたのね。あの建物がなくなる前に、それまで留まっていた彼女の思いは浄化されなくてはいけなかったんじゃないかしら。だからあなたに自分の思いを知って欲しかった、とか……。

　……それとも、こうは思わない？　彼女が佐々谷館長のことを心配して、あなたに彼の支えになって欲しかったとか……。彼女としては心の優しい芸術を理解してくれる女性に彼を託したかった、とか……。あらあ、ごめんなさいねえ。小野瀬さんは既婚者だったわねえ」

「あっ、あの……、私、お話をしていませんでしたがシングルマザーなんです」

「あらあ、まあ……、私ったら、ごめんなさいねえ」

「いいえ、いいんです。……佐々谷さんの心の中には、ずっと彼女が生き続けているんです。だから彼女の油絵をずっと大切にして……」

「……もしかして、佐々谷館長の亡くなられた彼女って、館長室に飾られている肖像画の女性？」

私は静かに頷いた。

私も野崎さんも黙り込んでしまった。時計の針が二時半を示していた。

「あっ、野崎さんごめんなさい。もう時間ですね」

「あらあ、本当。ごめんなさい。何の助言もできなくて」

「いいんです。お忙しい時にお邪魔して、すみませんでした」

「いいのよ。……私もまた、考えてみるわねえ」

「ありがとうございます」

「それじゃあ」

集金を終えた帰りの電車の中、私は彼女の思いをずっと考えていた。二十年という決して短くはない年月を留まり続けた魂。消えることのなかった彼の中の彼女への思い。宇宙の時空を超えて、私はそんな彼と彼女の物語を束の間見てきてしまったのだ。様々な切なさを含んだ思いは、ガラス越しに見る雨の降り続く車窓の景色を歪めた。私のまだ淡いけれど熱い思い……、彼女の深い思いを知った後で、どうして彼女の場所に居座れるというのであろうか……。

深夜、心臓の鼓動だけを耳の奥で感じていた。私はまた再び彼女が幻想を見せてくれることを期待したが、期待すればするほど私は眠りから遠ざかっていた。益々冴えてくる頭で考えれば、あの幻想は今から思えば旧美術館が壊されてから、二度と見ることがなかったことを今更のように思い出していた。初めはただ、私が幻想と現実の狭間で浮き足立った自分を諌め、現実を見ようと決心したからだと思っていたが、私の意思など無関係だったのではないかと思い始めていた。彼女の思いはあの美術館と共に本当に消えてしまったのであろうか。それとも、彼女の思いは彼を新しい美術館の館長にすることだったのだろうか。いくら考えても確信の持てる考えなど浮かびはしなかった。

第十五話　ノート

ある朝、私が新聞を取りにポストに行くと、我が家の深緑色の郵便受けにグレーの封筒が押し込まれていた。取り出してみるとそれは都立美術館からの封書で、差出人は野崎さんであった。私はどきどきしながら封を開けてみた。中からは古びたB５の大学ノート一冊と一枚の便箋が入っていた。

『小野瀬様
　この間は大切なお話を私に打ち明けてくださってありがとう。何のお力にもなれなくて申し訳なく思っています。あの後、私もずっとあなたのお話を考えていました。それである日、ふと思い出したことがあって、この大学ノートを必死に資料室から探し出してみました。これは旧美術館に長く置かれていた記帳用ノートです。小野瀬さんも覚えているかしら？　かなり傷んでいるけれど、これは二十年前のものです。このノートが何かのお役にたてるのではないかと思いお送りしました。
私はシャガールを通して知り合ったみなさんが、幸せになれることを祈っているの。
小野瀬さんにも、出会えたことに感謝しています。また、美術館に遊びにいらしてね。
野崎　いくよ』

文面から野崎さんの温かな人柄が伝わり、私の心がふっと和むのを感じた。私は野崎さんが必死に探してくれたというB5の色褪せた大学ノートを眺めた。私は遠い記憶をたどりながら、この記帳用ノートがあの受付の横に置かれていたことを思い出していた。縁が黄色く焼け、角が少し破けているノートを開いてみると、ページには様々な色のペンや字体の文字が、様々な大きさで書き込まれていた。その中で私の眼はRと書かれた文面に引き付けられた。

○月○日　曇り　R
美大生になって、久しぶりに男性から声をかけられた。その人も私と同じ美大生だと言う。私がミケランジェロを好きなように、彼もマルク・シャガールを崇拝しているようだ。

彼とは同じ空気を感じる。

私はその書き込みを見て、はっとした。聞いたことのある内容にイニシャルがR。Rと言えば、確か佐々谷さんの彼女も麗と言っていた。私はその後、イニシャルRの書き込みだけを追って探した。

○月○日　R

Kは本当に絵の才能があると思う。私はKに出会えて良かった。ずっと抱えてきた私の中の孤独、満たされない欲望が少しずつ溶けてゆくのを感じている。

○月○日　R

ここは不思議な空間だ。Kがいるからなのか、日当たりが良いからなのか、ここに来ると心が落ち着く。私もKに感化されているのか、シャガールが好きになっている。

○月○日　R

明日はKと横浜近代美術館に行く。私が誰かと一緒に美術展を見に行くなんて自分でも驚き。誰かと歩調を合わせるのが苦手だったけど、意識しなくてもスムーズに流れる感覚がいい。

○月○日　R
人生ってわからないものだ。頑なだった私がこんな記帳用ノートに書き込みするなんて青天の霹靂。Kのバイトを待っている間の暇つぶし？　sorry!!

私はノートのページを進めていった。今まで知りえなかった麗さん。おぼろげながら麗さんの輪郭が見えたような気持ちがした。そのあとも所々にイニシャルRでの書き込みが綴られていた。

○月○日　R
Kとのぎこちない空気がまだ続いている。価値観の相違??

○月○日　R
卒業制作！　卒業制作！　私のテーマは……？

○月○日　R
何の結論も出ないまま、日にちだけが過ぎてゆく。

○月○日　R
祖母に反発するために選んだT大への道。さあ卒業後、私はどうする？

○月○日　R
あれから三年が過ぎたのに私は『ピエタ』を超える作品が作れていない。祖母への怒りが薄れていったからなのか？　Kに癒されたからなのか？　卒業制作、さてどうする？

○月○日　R
Kはどこまでも純粋な人だ。優しくて才能に溢れている。他人に興味のなかった私をここまで感化するとは。卒業後の目標はまだ見えないけれど、Ｋと一緒に生きたい。ただそれだけが確かな気持ちだ。

そこで彼女の書き込みは終わっていた。

彼女が生きていた証《あかし》のほんのひとかけらの言葉達。最後の彼女の心の言葉。私は長いこと呆然とその色褪せた大学ノートを眺めていた。彼女はこんな私に二十年が過ぎた今も、自分の存在を気付いて欲しかったのだろうか……。

明日はシャガールの特別展の最終日だ。私は何度も彼女の書き込みを読み返していた。そして自分の見てきた幻想と、重なり合わせていた。その夜、私は覚醒されてゆく意識を持て余しながら夜明けを待っていた。

＊＊＊

十二月七日、木曜日。今日は子供達は放課後に児童館のお楽しみ会があるので帰宅は十七時頃の予定だった。予《あらかじ》め仕事の休みをとっていた私はさっと身支度をすると、もう行きなれた埼京線で渋谷へと向かっていた。

最終日の美術館は平日にも拘らず想像以上に混み合っていた。それでも私は臆することはなかった。入館するまでに一時間以上待ち、館内も多くの人で賑わっていた。私がやっとの思いで彼を見つけることができたのは、一番奥の部屋の入り口だった。人混みの中、私の視線に気付いたのか彼は私の方に振り向くと、微笑んで会釈をしてくれた。一歩、二歩と私達の距離は近付き、ある決意でやって来た私の緊張感はどくどくと高まっていったのだ。

「いらっしゃい。今日は小野瀬さんに会える気がしていたんです。というか、正直に言えば最終日には来館して欲しいという思いがありました。……良かった」

スーツを着た彼の胸の『都立美術館館長　佐々谷　啓斗』と印刷された写真入の名札が輝いて見えた。

「私も、今日は名残惜しい気持ちで伺いました」

「このシャガール展は、彼の誕生日の七月七日から開催されたんです。そして、十二月七日に終わる。彼は自分の誕生日、七の数字をとても大事にしていたんです。ですからそんな彼の思いを、僕も大切にしてあげたかったんです。この生誕記念展が終われば、シャガールの原画はまたパリのポンピドゥー・センターに帰ります」

そう言って、彼は私を展示場の奥の間まで導き、三枚の油絵を見上げた。

『エッフェル塔の新郎新婦』、『華燭』、『彼女をめぐりて』、私にとっても深い思い入れのある作品達だった。

「そうですか。寂しいですね」

私も絵を見上げながら言った。

「そうですね。なんだか彼自身が去ってしまうような寂しさがあります。僕が最も敬愛する画家ですし、ましてや僕の初めての企画展でしたから。でも、僕は運が良い。ここでこうして彼の生誕記念展を行えたんですから。他の美術館からも企画展の挙手があったそうです。その中でこの美術館が開催を許可されたんです」

彼は熱い瞳で語っていた。そうだ。彼はそんな誠実な情熱を持った人だった。

「そうだったんですか。それはもしかしたら、シャガールの意思だったのかもしれないですね」

「それはありがたいな。シャガールは知名度も人気もある巨匠ですから。どこの美術館でも取り上げたい画家ですよ」

そうして彼は、展示場の中央に設置されているソファーに座るよう私を促した。

「どうですか？　小野瀬さん、ここはまるでシナゴーグのようでしょう。シャガールは敬虔なユダヤ教信者であり、キリスト教信者でもあったんです。彼が追い求め、そして彼が人生で見つけたものは、普遍の人間愛でした。ここにあるのは、彼が描き続けた多くの作品のほんの一部に過ぎませんが、彼の人間的な熱いメッセージは、多くの人々に伝わったでしょうか？」

彼の美しい瞳はいつでも、純粋な心でシャガールを見つめる。そんな心の内面を映す彼の色は、きっとピュアな空色だ。雄大でどこまでも透き通っている。私の中で彼に対する思いが、再び大きく膨らみ始めていた。

「きっと届いたはずです。だってここを訪れる多くの人々はみな彼に会いたくて、彼に癒しと感動を求めて足を運んでいるんです。今回のこの美術展は、館長のシャガールに対する敬意、敬愛がとても込められていることがわかります。そして、あなたが芸術をいかに愛し、尊重しているかも。あなたはとても誠実で優しい人だわ」

私は夢中で話していた。それはまるで告白のようで私は思わず赤面した。

「……ありがとう。そうありたいと願っています」

彼の声は優しく響いた。

「あなたもご存じの旧美術館の館長はとても尊敬できる人でした。僕がフランスに発つ時、表現できる画才を与えてくれた使命に感謝すること、絵を描ける環境に恵まれた運命に感謝することを忘れぬようにと言ってくれました。もう随分と昔の話ですが。……僕がまだフランスに居た時、前館長が亡くなったと聞いて、それから半年後のことでした。新しく都立美術館が建つことも、この都立美術館の館長の話が飛び込んできたのも。そして僕は、是非ここで働きたいと思ったんです。彼の遺志を継ぎ、この場所でシャガール展を開催したいと、それが僕の夢でした。お陰で僕の夢は叶いました。……実は僕は期間契約の館長なんです。日本でシャガール展を開催するための。準備に凡そ一年半、開催に半年、これで僕の役割は終わりました」

それは思いもよらない話であった。

「えっ？　期間契約？」

彼は頷いた。

「ここが終わったら、佐々谷さんはどうされるんですか？」

私は多いに戸惑っていた。

「またフランスに戻ります。そこが僕の原点なんです。僕はフランスで一度死に、そしてまたフランスで生かされました」

彼がフランスに戻ってしまう……。彼のフランス留学のきっかけは最愛の彼女の死であった。彼の言葉が私の胸を刺す。彼のこれまでの人生は深い悲しみとどう向き合い、どう乗り越えてきたのであろうか。二十年もの月日を何を思い、何を感じ、ここまで歩んできたのであろうか。

「……そうなんですか。……フランスに戻られるのですね」

私は何と話したら良かったのであろうか。彼の表情は硬かった。

「人格は、直面した人生の出来事で大きく変わってしまうものですね。運命だってそうです。青信号を一つ渡り損ねてしまった二分とか、電車を一本乗り遅れてしまった三分とか、そんな些細な時間でも、大きく変わってしまう運命があります。人生にはどんなに後悔しても取り返せない二分があり、三分があります」

彼が話しているのは、きっと彼女の死だ。その時彼はソファーから立ち上がり徐に言った。

「良かったら庭園を少し歩きませんか？　紅葉が美しい季節ですから……」

彼の表情には怒りに似た失望の色が窺えた。私は頷いて彼の言葉に従った。白い廊下を歩く私の知らない愛おしい彼の後ろ姿。初めて四十二歳の彼と会った時の後ろ姿。遠いあの時、彼が彼女にプロポーズした時も、自分を奮い立たせようとしている華奢なすらりとした彼の背中を見つめていた。その背中からも隠しきれない彼の深い憂いがひしひしと伝わってきていたことを思い出していた。あの時に、彼女の返事を聞けていたのなら、彼の人生は少しは違っていたのだろうか……。

私達は混み合った館内を抜け、広々とした庭園に出た。陽射しがあり、まだ温かな午後の庭園を、私達は敷石に添って歩いていた。彼の足取りは次第にゆっくりになってゆく。

「前館長は、卒業後の進路の決まらない僕に、留学を進めてくれたんです。海外で新しい生活を始めるのがいいと僕も思ったので、卒業と同時にフランスに渡ったんです。僕は全くの井の中の蛙《かわず》で、世界の芸術のレベルの高さや、自分自身の未熟さをさんざん思い知らされました。僕はあっという間にどん底に落ちたんです。日本を離れ、それこそ何もかもなくしました。恋人も、友人も、恩師も、画術も、お金も、何もかも。未来さえ見えなくなりました。……僕は、魂の抜け殻になったんです。浮浪者のように生きました。いや、生きていたのかさえわかりませんでした。思考もなくし、感情もなくし、何もかもが無になりました。自分の意思も気力も消え去り、自分がどこにいるのかさえわからない荒涼とした空虚な時間を、長いこと彷徨っていました。空虚な中で僕の手元に残っていた物は、彼女を描いた油絵だけだったんです。何もかもなくしたはずなのにあの絵は埃にまみれて、薄汚れた僕の隣にずっと佇んでいました。

……ある時、埃を被ったその彼女の油絵を買いたいという物好きな老人が僕の前にやって来たんです。いくつかの会話の後に僕にお金を差し出しました。生きることを放棄していた僕なのに、目の前にお札を見せられて、僕はそのお金に手を伸ばしてしまったのです。彼女の絵を売ってしまったのです。……僕はそのお金でパンとワインを買いました。そして無我夢中で、薄汚れたままの手でそれらを頬張りました。お腹を満たしたいというより、本能のまま口にパンを押し込んでいたんです。生への執着だったのでしょうか、本当にぶざまです。……そのお金も三日で底をつきました。そして僕は、その時初めて本当に何もかもを失った自分に気付いたのです。人の心も、彼女の心も完全に失ってしまったのです……。心から後悔しました。自分の愚かさや醜さがどうしようもないほどに情けなかった。彼女を救えなかった不甲斐無い自分に、初めて声をあげて泣きました……。どこから溢れてくるのか、涙が後から後から零れました。長く冷たい夜でした……。

静かに流れるセーヌ川と青味を帯びた深い星空。今でもはっきりと覚えています。やがて辺りはゆっくりと夜明けを迎えました。星空の群青からやがて葡萄色に染まり始める空、明かりを取り戻してゆく水辺。朽ちた僕の眼前に広がっていたのは、ありのままの自然の美しさとその力強さでした。

……僕は、自分が自然の中で生かされていることを感じたのです。その時僕は、僕の為すべきことをしようと思いました。何でもいいから仕事をしようと思いました。

人に蔑まれながらも靴磨きをし、時には清掃員にもなり、配達員にもなりました。あの頃のフランス人は東洋人には実に冷たかった。ましてや地位や名誉もない汚い身なりの東洋人には殊更でした。けれど、働き、賃金をもらい、そのお金で食事をするということは、深呼吸をするように整然と気持ちが良かったことを覚えています。

ある時、配達員をしながら、やっと彼女の絵を取り戻せるチャンスに巡り会えたのです。僕が荷物を届けたそのアパートメントの玄関に、偶然にも彼女の絵が飾られていたのです。僕はあまりの出来事にとても驚きました。そして、驚くと同時に、そこに神の声を聞いたような気持ちになりました。神は善に背く者には戒めを、悔い改めるものには救いを与えると。綺麗に復元されたその絵を見つめながら、僕は柔らかな愛を、彼女の失望と希望を、僕の命の糧を思い出したのです。

それから僕は、働きながら必死に絵の勉強をしました。そして、何年もかかってやっとコンクールで入賞し、個展ができるまでに至ったのです。僕が彼女の絵を取り戻そうと老人のアパートメントを訪ねた時には、もう既に住人は変わっていました。彼女の絵を取り戻すことは、できなかったのです。僕はひどくがっかりしました。そしてこれが自分への戒めなのだと悟りました。僕は更に絵に打ち込んだのです。絵画の世界にのめり込むことだけが全てを忘れさせてくれたから……。

そんな折、日本の美術協会を通して前館長がずっと何年も僕の消息を探してくれていたこと、そして、恩師の訃報を知らされたのです。僕の愚かさが館長の厚意を無にしてしまった、そんな思いが胸を締め付けました。悔やんでも悔やみきれない思いでした。僕は絵画の世界から逃げ出し、大切だった彼女への愛を売り、地の底を這いつくばっていた。僕は恩師である館長さえ、売り渡していたのだと途方もない後悔に苛まれました。だから僕は、再びあの絵を描いたのです。失った時間を必死に取り戻したい思いで……。あの絵は、僕にとっての戒めなのです。……あの絵を観て泣いたあなたを見た時、彼女と重なりました。彼女もきっと、長いことそうやって泣いていたのです……」

彼の人生を彼の声で聞いていた。細切れに断片的に、私が夢で見てきた美大生の頃の彼と、知り得なかった彼の半生の深い愁傷と試練。人生とはなんと憂いに満ちたものなのであろうか。

「僕がマルク・シャガールの著書の中で座右の銘にしている言葉があるんです。『真の芸術は魂の中から生まれる。芸術を求める魂は、二つの現実を持つ。身を置く現実と、精神を置く現実。孤独の境遇にある時は、神に祈り、大地にひれ伏し、土に接吻をすることを愛するがよい。大地に接吻して、倦むことなく、飽くことなくこれを愛せ。そうすれば、お前達のその孤独な姿は誰の眼にも留まらずとも、大地はお前の涙から実りを与えてくれるであろう』こんな言葉です」

「難しい言葉ですね。厳しくもある。人は皆、苦悩の中に居る時は孤独ということなのでしょうか。でも必ず救いはある、ということですね。……佐々谷さん、佐々谷さんは彼女の死からずっと、自分を責めて生きてきたのではないですか。もしかしたら自分が救えたのじゃないか、あと三分出発を遅らせていたら、あと二分出発を遅らせていたらと。……そして、生き場を失いフランスに渡り、フランスでもやりがいを無くし、生活を捨ててしまったのでは。彼女の死はあなたのせいじゃないです。病死は誰のせいでもないのです」

彼の顔が凍りつくのを感じた。

「ごめんなさい。あの……、私……、信じてもらえないかもしれないのですが、彼女に託されたことがあるんです」

彼は怪訝な表情をした。

「私、今日は佐々谷さんにそのことを告げにきたのです。……本当に、信じてもらえないかもしれません。でも、お話しします。……約一年半前、私があの旧美術館の前を通りかかった日から、私は不思議な夢を見るようになったんです……」

そうして私は今まで夢で見てきた物語を全て彼に語り始めた。言葉は滑らかに私の口から放たれていった。不思議と私の体から緊張感が抜けて、言葉は魂を持ったかのように彼との思い出の時間を、喜びも寂しさも感動も、そして深い悲しみも語っていた。私は彼の表情を見ることはできなかった。

そして最後に、野崎さんから送ってもらった古く色褪せた大学ノートを彼に差し出した。

「これは旧美術館に置かれていた記帳用のノートです。佐々谷さんは覚えていらっしゃいますか？　私も二十年前頃、あの旧美術館の愛好家でしたが、私はこのノートの存在をすっかり忘れていました。このノートは野崎さんが私に見せてくださったのです。このノートの中に、麗さんの書き込みがあります。……それは麗さんの大学四年間のものです」

そういって私は、付箋の付いた、端が黄ばみ所々破けた大学ノートを彼に差し出した。

悲傷、苦悩、哀悼、そんな言葉を刻んだ彼の表情だった。彼はそれらの感情の中を彷徨いながら、ゆっくりとノートを開いた。音のない時間が彼を包んでいた。彼の美しい瞳は遠い過去の尊い日々を旅し、哀愁の涙に濡れた。何度も何度も彼女が書き連ねた文字を、彼女の言葉を、会話を、愛しい眼差しで見つめていたのだ。

「……私はずっと、この幻想の意味を考えていました。彼女は、私に何を伝えたかったのか。私に何を託したかったのか。でも彼女の本当の希望は掴めませんでした。けれど、今、佐々谷さんのお話を聞いてわかったような気がするのです。きっと彼女は、あなたの心の中の呵責を、取り除いてあげたかったのではないかと。……確かにあなたは今、前を向いて歩いています。けれど、その心にはいつも重たい十字架を背負っています。……彼女はあなたと出会って、あなたと過ごした日々が本当に幸せだったと、あなたに伝えて欲しかったのだと思うのです。あなたの誠実さやあなたの画家としての才能に心から惹かれていました。私の見た幻想の中でも、本当に彼女は貴方への愛と幸せを感じていたのです。だから自分を責めないで欲しいと。彼女はあなたにそう伝えたかったのだと思うのです」

彼の年を重ねた端正な顔立ちとあの頃のままの澄んだ瞳は時を駆け巡り、彼女の魂を呼び起こしているように見えた。夕日に染められた彼の頬を伝う銀色の涙。私はその涙の深さと苦さを知った。私は何もできず、何も話せず、ただ過去に寄り添う彼の傍らに立ち尽くしていたのだ。彼が遠い昔に見たという豊かで美しいセーヌ川の水辺を、遥かかなたに眺めながら。

秋の陽は傾くのが早く、その温かさも次第に弱まっていた。外観から眺めた都立美術館の一番の奥の間に飾られたマルク・シャガール。窓から垣間見られるその空間は、まるで実世界から逸脱した神聖な教会のように思えた。彼を、佐々谷館長を包む空気がそこにある。きっと彼はあの場所に守られている。あの場所で彼は彼らしく生かされるのだ。これからもずっと。あの場所が彼の心の故郷となるのだ。シャガールの生誕百三十周年記念展。そこには偉大なマルク・シャガールの魔法が降り注いでいた。

第十六話　啓斗と麗

二十四年前の三月、憧れだった美大の絵画科・絵画専攻に合格したあの日、啓斗にとって十八年間生きてきた中で最高に幸せな日だった。あまり裕福ではない家庭に育った彼が美大に行くためには何としてもT大に合格しなければならなかった。成績や学費のことで何度か諦めかけた啓斗だったが、彼の信念は堅かった。そして啓斗と麗が出会ったのも正にその日だった。麗は彫刻科・彫刻専攻で啓斗とは別の学科だった。合格発表の日、黒髪のショートボブが際立っていて啓斗の見つめる視線にふと彼女が振り向いた時、彼は息が止まりそうになった。洗練された容姿に漆黒のつぶらな瞳は、彼女の意思の強さを物語っていた。啓斗ははっと思った。『ベラ・ローゼンフェルト！』彼女はシャガールの描くベラ・ローゼンフェルト『白襟のベラ』に見えた。ベラ・ローゼンフェルトとはシャガールが最も愛した初妻であり、最も優秀なマネージャー、シャガールの人生そのものであり、彼の作品そのものであった。

あれから違う科であった彼女をキャンパスで見かける度、啓斗の毎日はときめいていた。陽の当たる教室で彫刻に打ち込む真剣な眼差し、昼下がりの木陰で本を読む横顔、夕方に電車を待つ凛とした後ろ姿、全てが美しく啓斗を魅了した。彼女の名前が「朝比奈麗」とわかったのは初めて出会った日から三ヶ月が過ぎた頃だった。

入学してから半年後の秋、彼らにとって初めての大学の文化祭がやってきた。それぞれの学科が前期課題の作品を展示した講堂で、啓斗が足を止めたのは正しく朝比奈麗の作品の彫刻の『ピエタ』だった。数ある一年生の作品の中で群を抜いていた。ピエタの石像ではミケランジェロの『サン・ピエトロのピエタ』が最高傑作と言われているが、麗の模倣したその石像のピエタも実に見事なものだった。大理石の石像に温かな皮膚のぬくもりを感じとることができるほど美しく悲哀に満ちた聖母マリアの面差し、やせ細ったイエス・キリストの亡骸を抱くその姿は慈愛溢れる聖母そのものの姿だった。啓斗は麗の作品の『ピエタ』に感銘を受け、作品の中に存在する麗の息吹に心ときめかせた。いまだ会話をしたことのない彼女に、啓斗は切ないほどに心を奪われていった。

絵画科の油絵を専攻していた啓斗が敬愛する画家はのびやかな画風のマルク・シャガールだ。彼の作品には自ずとシャガールの作風の匂いがした。苦学生だった啓斗は一年生の当初から渋谷にある美術館でアルバイトをしていた。啓斗がその美術館を選んだのは大学の構内に張り出されていたアルバイト募集の広告にシャガールの『愛しのベラ』が描かれていたからだった。面接に行ったその日、彼はマルク・シャガールの才能、画風の素晴らしさを熱弁し、即決で採用が決まったのだ。真面目な苦学生であった啓斗にオーナーである館長は快くアトリエを提供し、昼夜美術館を使えるよう啓斗に警備の仕事も任せてくれた。さらに学芸員である館長はあらゆる芸術の話を折に触れて啓斗に話してくれたのだ。この上ない条件のアルバイトに日々感謝の気持ちを感じていた彼は、時間さえあればキャンバスに向かい一筆一筆に未知の可能性を感じながら人物や静物を描いていた。

そんな彼が文化祭に展示した作品は油絵の『午後のテラス』だった。それは暖かな光の差す春の午後のカフェテラスの風景だった。深紅の服を着た婦人が柔らかな光の中でゆったりとお茶を楽しんでいる。白いテーブルにはアフタヌーンティーセットが置かれ、テーブルの奥にはアイビーの緑が鮮やかに描かれていた。穏やかな時の流れを感じる贅沢さ、ゆとりの中から生まれる精神の自由とアンニュイ。そんな空間を描いていた。大学の文化祭を訪れてくれた館長はその啓斗の作品の中に彼の素質、天性を感じとり、文化祭が終わると彼の作品を美術館のカフェに展示してくれたのだ。昼にはそのカフェで働く啓斗にとって誇らしいような照れくさいような思いがあった。そしてその絵はまだまだ絵画の世界のスタート地点であることも彼に感じさせていたのだ。

そんなある日、啓斗をとても驚かせる出来事が美術館で起こった。

日曜日の美術館はいつもより入場者が多く、啓斗が注意深く館内を巡回していた時、一階奥の赤の絨毯の間で黒髪のショートボブの女性がシャガールの『彼女をめぐりて』のリトグラフをじっと見つめていた。凛とした後ろ姿のその女性は朝比奈麗だった。人の波が時折二人の空間を遮ったが、啓斗の心は高鳴っていた。後ろ姿の彼女をずっと見つめていたかったが腕時計の針を恨めしく眺め、啓斗は間もなくカフェのバイトに入る時間を確認した。次に出会えたら絶対に彼女に話しかけよう、そう啓斗は決心し人混みの中、カフェへと向かったのだ。

美術館の一角にあるカフェはその日も満席だった。啓斗はウエイターの仕事をしながら館内の美術品の会話をしている客達の和やかな会話や笑顔を見ることが楽しかった。そん

な中、彼を呼ぶ声に振り返ると、

「すみません、注文いいですか？」

それは朝比奈麗だった。啓斗は心臓が止まりそうなほど驚いた。

「注文いいですか？」

麗は怪訝そうにもう一度言った。麗は啓斗のことを知らないのだ。啓斗は慌ててハンディターミナルを構えた。

「アメリカンとスコーンを」

「アメリカンとスコーンですね？」

啓斗は緊張していることを悟られないように繰り返した。

「ええ」

一瞬視線が合った麗はとても美しかった。カウンターに戻っても啓斗の心臓はまだ高鳴っていた。他のお客から注文される度、他のお客の注文の品を運ぶ度、啓斗の意識は朝比奈麗に向けられていた。その間、麗は美術館のパンフレットをじっと読んでいた。麗のアメリカンとスコーンが準備されると啓斗は覚悟を決めた。麗が熱心に読んでいたパンフレットのページは、シャガールの『彼女をめぐりて』の解説の書かれたページだった。

「あの、シャガールが好きなのですか？」

麗は思いがけない問い掛けに顔を上げると、躊躇いながら、

「ええ。……でも実はよく知らないんです」

と返事をした。

「そうなんですか？　熱心に読まれていたから、てっきり好きなのかと……」

と啓斗は残念そうに言った。

「でも私、この『彼女をめぐりて』はとっても好きだわ」

麗はパンフレットを見ながら言った。

「それは良かった。実は僕、画家の中で一番シャガールが好きなんです」

「そうなんですね。…あれ、あの絵、どうしてここに展示されているの？」

麗は白い壁に飾られた『午後のテラス』を指差しながら言った。啓斗ははっとした。

「実はあの絵、恥ずかしながら僕が描いたものなのです。館長のご好意でここに飾ってもらっているんです」

麗はつぶらな瞳をさらに大きくして言った。

「あの絵はT大の文化祭で展示されていた絵よね。あなたはT大生なの？」

「ええ、僕は絵画科の一年生です」

「ホントに？　私は彫刻科の一年よ。自分の作品を美術館で展示してもらえるなんてラッキーな人ね」

「そうなんです。ほんとにここの館長は良い方で」

彼は少し間を置き、ためらうように言った。

「……あの、あなたは朝比奈麗さんではないですか？」

彼女はとても驚いた表情をした。

「え？」

「僕もT大の文化祭であなたの『ピエタ』を見たんです。とっても素晴らしい作品でした。あまりに素晴らしくて、講堂の作品の中で群を抜いていましたね」

彼女は恥ずかしそうに微笑んだ。

「あの……、もし良かったら、この後食事でもしませんか？　僕、あと三十分でバイトが終わるんです」

彼ははにかんだような笑顔で言った。麗は再び『午後のテラス』の絵を眺めた。初めて知った彼だったが、綺麗な色彩のカフェテラスの油絵が彼の温かな人柄や繊細な才能を伝えているようだった。

「ええ、良いわ」

彼女も微笑み返した。

＊＊＊

横浜の美術館で開催されるシャガールの美術展。パリの国立近代美術館、ポンピドゥー・センターの作品が十数点来る大きな美術展だ。そのパンフレットの表紙には『彼女をめぐりて』という作品が使われていた。それは麗が好きだと言った作品だ。

「最愛の妻ベラが亡くなって、一年後に描かれた作品なんです。ぼんやりと描かれた赤い服の婦人がベラで、左の画家はシャガール自身。絵の中の彼の頭が不自然に後ろを向いて描かれているのを不思議に思わないですか？　頭部を後ろ向きに描写することによって、現実を見ることのできない彼の深い悲しみ、絶望を表現しているんです」

彼は額縁に納められた大きなシャガールのリトグラフの前に立ち、じっと見上げていた。麗は彼の手に握られた小さなパンフレットの『彼女をめぐりて』に描かれたシャガールの表情を見つめ、再び彼が見上げる壁に掲げられたリトグラフの首を曲げたシャガールを見つめた。

「中央の少女は、愛娘のイダ。彼とベラを繋ぐ愛娘イダが天使で描かれている。彼女に持たせた丸窓は、現実と幻想の世界の境。ベラのいない現実から目を背けたいシャガールの心情を表現しているんです。心を閉ざしたい現実の世界と、ベラのいた頃の幸せだった世界とを隔てる時間。彼にとって虚しい目の前の現実は、受け入れ難い世界だった。彼には愛が全てでした。ベラが全てだったのです。この絵によってシャガールはベラがこの世に存在しないという苦しみを、新たな形で受け入れようとしたのだと思うんです」

「そうね。人は切ないとわかりながらもその悲しみと痛みに留まりたいという気持ちがあるから。その痛みがその大切な人との繋がりだと思うから。そうやって繋がりを消さないように痛みで確かめているのよ」

　啓斗と麗は隣に並び、群青と深紅の入り混じるリトグラフを見つめた。

「僕にとって、シャガールは本当に憧れの人。彼はとても人間愛にあふれた画家で、作品にはいつも『愛』が描かれているんです。自分の育った貧しい故郷や、牛、鳥、太陽、月、それらは彼がとても愛したものだった。けれど、彼は故郷を愛しながらも、彼がユダヤ人であるがために戦争に巻き込まれ、ロシアの地を追われアメリカに移住し、馴染めなかったアメリカの異国で、最愛の妻ベラを亡くしてしまったのです」

彼が語るシャガールの半生を、麗は頭で描きながらそれを心で受け止めた。

「生きることへの不安、生活することの苦労、最愛の妻の死、やっと絵が売れるようになった頃には、愛弟子の裏切り。そんな人生が彼をある境地へと至らせたのかもしれない。晩年に彼は聖書画を描き綴っているんです。あの彼独特の優しい画風で」

彼の半生が断片的な画像となって麗の脳裏に映し出された。偉大なシャガールの心の機微を、麗はその断片的な場面の中から、一つ一つ拾い上げる。偉大なマルク・シャガールの絵の下で、麗は啓斗がシャガールを語った言葉を心の中で繰り返し描いていた。

＊＊＊

啓斗と麗が大学四年生になった春、昼下がりのキャンバスの芝生の上に二人は並んで座っていた。

「大学の卒業制作に、君を油絵で描きたいんだ」

啓斗ははにかみながら言った。

「麗はただ、座っていてくれたらいいんだから」

啓斗は甘えるような確かめるような眼差しで麗を見つめた。麗は気持ちが定まらない様子で、啓斗の真っ直ぐな眼差しを見つめ返した。

「私はまだ自分の卒業制作が決まらないの。『バンディーニのピエタ』に挑戦したいけど果たして私に表現できるのか……。『バンディーニのピエタ』は登場人物が四人いて中央にイエス・キリスト、後ろにキリストを支えるニコデモ、左右に聖母マリアとマグダラのマリアがいるの。とても繊細な彫刻だし、四人を彫るとなったらかなりの時間を要するし……。啓斗とあまり会えなくなるかも……」

「え？」

啓斗は慌てた。

「それなら美術館のアトリエで一緒に卒業制作をしようか？」

「そんなの無理。大理石の重さを知ってる？　四体も描くとなるとかなりの大きさよ。大学の学科教室以外無理な話ね」

麗はふっとため息を漏らした。

「でも僕は麗を描きたい。卒業制作だからこそ、麗を描きたいんだ。駄目かな？」

麗は躊躇していた。

「四年間の大学生活で一番大切だったものを描きたい。麗は僕にとって全てなんだ。麗と一緒にいると、自分のままで居られる。麗とはソウルメイトだと感じている。それって、とても大事なことだし、シャガールも、こんな気持ちでベラを描き続けたんじゃないかと思うんだ」

啓斗のお願いに麗は到底勝てないと思った。

「わかった！」

「よかった。ありがとう」

啓斗が麗の髪にキスをした。優しい啓斗の香りが麗を包んだ昼下がりだった。

＊＊＊

啓斗はいよいよ卒業制作を始めた。あの蔦の絡まる美術館の一部屋。陽当たりの良いその部屋は、イーゼルやカンヴァス、油絵の道具が壁に沿ってずらりと並べられている。麗が久しぶりにこのアトリエに一歩足を進めると、溶き油のシンナーの匂いが微かに鼻を刺激した。ワックスの効いた木の床に日光が反射する。白い壁も啓斗の肌も薄茶の髪も、ギリシャの彫刻のように美しく映し出された。ここは正に彼の世界だった。画家佐々谷啓斗の世界だった。

「ちょっと込み入っているけど、そこの窓側の椅子に座って」

陽射しの降り注ぐその場所を、啓斗は指差した。温かな部屋だったが、いつもと雰囲気の違う空気に麗はいささか緊張していた。自分が初めてモデルになるという好奇心もあった。イーゼルやカンヴァスを用意する啓斗。目の前に居る彼は既に温和な美大生の啓斗ではなく、厳格な画家のような神経質さでカンヴァスや画材を確認していた。麗は啓斗に言われるがまま木製の丸椅子に腰を降ろした。彼は絵の具箱を開き、何本もの筆をバラバラッと木製の机に並べた。麗の位置からは逆光になる啓斗の表情は、輪郭に後光を浴びおぼろげに見えた。

「じゃあ、始めるね。緊張しなくていいよ」

カンヴァスに向かう啓斗、真っ直ぐな彼の視線を感じながら麗はまだ落ち着かない気持ちのまま啓斗の後光を見つめていた。彼の目線は、目の前のカンヴァスと麗を交互に見つめているようだった。光の中で時々鋭い視線が麗を捉える。彼の目は何を見据えているのであろうか。啓斗が麗を見る度に彼女の心臓はどくどくと波打った。

「そんなに硬くならないで。いつもどおりでいいんだよ。心を解放して」

麗は冷静さを装っているつもりだった。

「いつもの麗じゃないな。どうしたらリラックスできる？」

啓斗のため息が光の中で微かに聞こえた。

「ごめん」

麗は表情の見えない啓斗に謝った。

「想像してみて、シャガールのモデルになったベラの気持ちを。画家とモデルは、声にならない会話をするんだ。そんなに頑なままでは絵は描けないよ。あんな素晴らしい彫刻を作った朝比奈麗はどこにいるの？」

「もう啓斗ったら。私なら大丈夫だわ」

麗はふっと我に返った。いつもの彼女らしく凛と背筋を伸ばし、口元には微かな笑みが生まれた。

それからしばらく沈黙の時間が流れた。啓斗の視線が麗へ、麗からカンヴァスへ、カンヴァスから絵の具のパレットへと動く。一定のリズムを持って、とても神聖な時を刻むかのように。麗は思いを巡らせていた。シャガールは愛妻ベラを、数多く描いてきた。ベラはシャガールの一番の良き理解者であり、評論家であったという。ベラは、偉大な画家である最愛の夫の眼差しの前で、いつもどんな思いでモデルになっていたのであろうか。彼の才能を信じ、彼の人間性を愛し、画家としての彼を敬い、芸術を継承するという同じ責務と情熱を持ち、凛とした気持ちでモデルになっていたのだと思う。私は、彼女に近づけるのであろうか。

「少し休憩しようか。疲れたでしょう」

啓斗はふと緊張の解けた表情で、筆とパレットをテーブルに置いた。麗に微笑むと穏やかな表情で窓から見える四角い青空を見上げた。陽射しの降り注ぐ窓から延びる彼の影を追う。壁に並ぶ剥き出しのカンヴァス。麗は立ち上がり、一枚、一枚、それらのカンヴァスを覗いてみた。ふと麗の手を止めたのは、白く輝く寺院の油絵だった。麗はその絵をそっと抜き取り、じっくり眺めてみた。

「これって、ノートルダム大聖堂でしょ？」

彼が振り向いた。

「ああ、そうだよ」

小さなカンヴァスには、美しい装飾を刻んだ大聖堂がオーロラ色に輝き、壮大な歴史の趣を醸し出していた。光輝く寺院、その光と陰のコントラストを刻む描写が、大聖堂の重厚感を見事に表現していた。

「素敵な絵ね」

じっくり絵の表情を鑑賞している麗の隣に啓斗もやって来て、一緒にそのカンヴァスを眺めた。

「あんまり自信がないから、ここに仕舞ってあるんだ」

「どうして？　こんなに素敵なのに」

「ううん、本物のノートルダム大聖堂は、もっと素晴らしかったよ。もっと重厚で、もっと神秘的で奥深さがあった。あの神聖さをもっと緻密に繊細に描写したかった」

麗はその美しい油絵を眺めながら、啓斗の話す大聖堂を想像してみた。フランス、麗はまだ訪れたことのない国だった。

「さあ、そろそろ始めようか」

と啓斗。麗は丁寧にその大聖堂の絵をもとの場所に納めた。

陽射しは、部屋の右側から差し込み、短い影が左側に落ちた。啓斗の真剣な瞳が、再び静寂を包み込んだ。チューブから搾り出された絵の具の載ったパレットの上をステップする筆、カンヴァスの上を踊る筆の運び。一瞬、一瞬に、新しい色が生まれるのだ。啓斗の感性が弾け、色彩と調和する。麗は啓斗の向かうそのカンヴァスに、希望と期待と信頼を重ねた。啓斗と麗を繋ぐ音のない神聖な時が、ゆっくりと流れていった。

＊＊＊

麗は五歳の時に母親を病気で亡くしていた。父親は複数の会社を経営する社長で、麗が幼少の頃から出張や会議などで留守が多く、幼い麗は父方の祖母と家政婦に育てられた。富裕層の家系の祖母は貧しく育った麗の母をよく思っていなかったため、母親似の麗にもあまり愛情を注いではくれなかった。幼いながらも麗は祖母の上っ面の愛情には気付いていた。きれいな服を着、温かい食事をし、ふかふかの自分の部屋のベッドで眠る何不自由のない生活の中で幼い麗は心を閉ざし、母への思いを胸に仕舞って生きてきたのだ。家系を重んじる祖母は麗を有名私立の付属小学校に入学させ、そのまま大学まで通わせるつもりでいた。カトリック系の設備の整った校舎、知名度があり経済的にゆとりのある富裕層の集まる学校、そんな中でも麗の心はいつも寂しさに震えていた。唯一麗の心を和ませたのはミサの時間だった。学校の敷地内にある教会は厳かな空気に包まれ、お御堂《みどう》の中央に安置された幼子のキリストを抱く聖母マリア像。優しく微笑むその御姿に麗は母親の面影を重ねていた。柔らかく清らかな白い肌、全てを受け止めている優しい瞳、ふっくらとした温かそうな手のひら。聖母マリアは麗にとって母親の象徴、いいや母親そのものだったのだ。

麗が自分で分別の付く高校生になった頃、何気ない日常の中で祖母の薄っぺらな愛情が次第に麗の心の足枷になっていることに気付き始めてきていた。担任から進学のアンケート用紙を配られた時、麗には祖母が望む付属大学に進学するという選択肢はなかった。選択授業で美術を専攻していた麗は、美術担当の教師から美大への進学の話も受けていたため、迷うことなくT大への進学を希望したのだ。美大の中でもT大は難関校であったが麗は見事に合格の切符を手に入れたのだ。

＊＊＊

「完成したよ」

静かな時の流れの中に交じり合う啓斗の澄んだ声。希望に輝く瞳。麗は胸が高鳴った。啓斗の描く絵画の世界に、自分はどんな色でどんな形で存在しているのだろう。啓斗の感性は自分をどう捉え描いているのであろうか。麗は丸椅子から立ち上がり、張り詰めた思いで近づいていった。

一呼吸置いてカンヴァスの正面に立った。そして、目の前の啓斗の作品を見つめた。息が止まりそうだった。

「……これが私……」

麗はその絵の中で確実に生きていた。その世界は現実より鮮やかで、柔らかく、涼やかな香りを漂わせていた。麗は言葉を失った。麗はその絵の中で、啓斗から生きることを与えられ、新しい生命としてそこに存在していたのだ。

「……私、優しい顔をしている。穏やかな幸せに包まれているのね。私、啓斗の絵が大好きよ。この肌の柔らかさ、表情の温かさ、衣服や手から伝わる体温。陽の光と陰、本当に私、この絵の中で生きているのね」

啓斗は優しく微笑んだ。

「良かった、気に入ってもらえて。麗が誉めてくれることが一番嬉しいよ。大切な人からもらう賛辞がこんなに幸せだなんて初めて知ったよ」

啓斗の広い熱い胸が麗の背中をすっぽりと包み込んだ。麗は啓斗の中の才能とその情熱に溶け込んでいった。啓斗の柔らかい声が麗の耳元で囁いた。

「麗は僕に新しい力をくれる。新しいイマジネーションがカンヴァスの中で生きた色を生み出すんだ。こんな感動、本当に久しぶりだ……ありがとう」

啓斗の喜びは麗にも嬉しいことだった。麗は彼の大きな胸の中でまどろんでいた。啓斗は優しく麗の髪を撫でた。窓からは柔らかな陽射しが二人を癒し、大きな安らぎが心を満たしていた。啓斗が徐に言った。

「僕達、大学を卒業したら結婚しよう」

その言葉は、啓斗の胸から麗の耳に反響して伝わった。麗はどきりとして思わず顔を上げ、啓斗の瞳を見つめた。彼の瞳は陽を反射して薄茶の透明感を帯び、言葉の真実を伝えていた。『結婚』、麗はこれまで考えたこともなかった言葉だった。麗は何と答えたらいいのか家庭というものがよくわからなかった。私達の未来は、どの世界でどんな形をしているのだろう。私にそんな資格があるのだろうか。すぐに返答のできなかった麗に、啓斗は不安の混ざる微笑みを見せた。

「……いいよ。返事は急がないから」

私はなんて言ったらいいの？　麗はそんな表情をしていた。

「今日は久しぶりにちゃんとしたデートをしよう。いつもこのアトリエじゃ、麗もつまらないよね。今日は麗の行きたいところへドライブに行こうか」

話題を切り替えようと、啓斗は明るい口調でそう言うと徐に立ち上がった。麗の目はジャケットを羽織る啓斗の後ろ姿をぼんやりと眺めていた。麗の頭の中を様々な思いが駆け巡った。……啓斗と一緒に生きられたらどんなに幸せであろう……。啓斗の後ろ髪の形、広い肩から繋がる背中、細いウエスト、すらりと伸びた脚。その体の真ん中にある誠実さ。麗の視界の中で彼が描いた油絵が柔らかな陽射しの中で輝いていた。優しい絵だった。啓斗の心そのものだ。麗はそのまま動けずに、壁にもたれたまま座り込み、それらを眺めていた。

ふと啓斗が振り向いた。

「僕はアパートの駐車場から車を廻してくるね。三十分したら美術館の入り口で待っていて」

麗は黙って頷いた。そして啓斗は微笑んで静かに扉を閉めた。麗はまだぼんやりと啓斗の残像を眺めていた。と、その時、思わぬ衝撃が麗を襲った。突然、稲妻が突き刺すような激しい頭痛が麗を襲い、その痛みは容赦なく、頭部を鋭く打ち続けた。麗は両手で頭を抱え込み崩れ落ちていた。激痛に掻き消され、麗の意識が暗黒の中に吸い寄せられてゆく。私にはまだやるべきことが残っている。死ぬわけにはいかない……。ドラムの早打ちのように襲い続ける痛み。苦しい。啓斗はどこ？　啓斗はどこ？　お母さん！　マリア様！

麗の意識はそのまま、深い暗黒に吸い込まれていったのだ。

第十七話　新しい春

　シャガールの生誕百三十周年記念展が終わって一週間が過ぎようとしていた頃、野崎さんから珍しく電話がかかってきた。それは夕食の後片付けがちょうど終わった時だった。

「小野瀬さん、こんばんは。小野瀬さんに伝えるべきか迷ったのだけど、佐々谷館長のことで少し気になったことがあったので……」

　野崎さんはこう続けた。

「小野瀬さんも来られたシャガールの生誕百三十周年記念展の最終日、もう閉館する時刻に、ある男性が佐々谷館長宛てに訪ねてきたの。暫く館長室で話をしていたけど、その人が帰ったあと、お茶を下げに館長室に入ると佐々谷館長は泣いていたの。でもその時は理由は聞けなかったのよ」

　野崎さんの言葉に私の心はざわついた。

「あれから佐々谷館長の様子が気になっていて、シャガール展の後片付けを一緒にしていた時に思い切って聞いてみたの。そうしたら、あの時美術館に訪ねて来た男性は館長の亡くなられた恋人のお父さんだったそうよ」

野崎さんの話を聞きながら、私の脳裏にあの日の記憶が蘇ってきていた。

シャガールの生誕百三十周年記念展の最終日、私は端が黄ばみ所々破けた大学ノートを彼に差し出したのだ。あの時の彼の表情は今でも忘れられない。

夕日に染められた彼の頬を伝う銀色の涙。あの時私は何もできず、何も話せず、ただ過去に寄り添う彼の傍らに立ち尽くしていただけだった。

そんな日の夜に、亡くなられた彼女の父親と会ったなんて、それも彼女の意向なのだろうか。偶然だとしたら、それは人生の悪戯なのか皮肉なのか、切なさが込み上げてきて胸が痛んだ。

＊＊＊

麗の筆跡のあるノートを受け取った日、館長室の扉をノックしたその初老の男性は朝比奈と名乗った。それはずっと啓斗の胸に深く刻まれた名前だった。麗が二十二歳という若さで突然命を落としてから二十年という年月が流れていた。しかし、最愛の人を失った者にとっては日が昇り、日が沈むといったことの繰り返しでしかなかった。初めて会った麗の父親。麗の口からはほとんど家族の話は聞いたことがなかった。啓斗の前のソファーに腰を下ろすよう促すと、男性はソファーに浅く座り啓斗に頭を下げた。白髪交じりの身なりの良いその男性は、あまり麗とは似ていないと啓斗は感じた。

朝比奈は静かに語り始めた。

「長いことあなたを探しておりました。あなたが麗が亡くなった日に一緒にいた男性だと聞いてずっとあなたを探していたのです。あなたは麗が亡くなってから長いことフランスにおられたのですね」

穏やかな口調だった。目元の皺が男性の表情を柔らかく見せた。

「麗は一人娘でした。麗の母親は麗が五歳の時に、麗と同じくも膜下出血で突然亡くなったのです。あまりに突然のことで私達家族は本当に辛く悲しい時期を過ごしました。私は出張が多くて家を留守にすることが度々でした。麗のことは全て母任せだったのです。麗には随分と寂しい思いをさせたと思います。それは私の母、麗の祖母も同じ気持ちでした。たった五歳で母親を亡くしたのですから……。母は朝比奈家の大切な孫を、幼くして母を亡くした孫を心の強い子に、不運にも負けない子に育てたいと願っていました。朝比奈家の財産を継ぐ子はこの子しかいないという思いが母にはあったのです。母は不器用な女性でした。愛情表現が苦手なのです。母自身も朝比奈家を継ぐため厳しく育てられたそうで……。それでも母なりに麗の将来を心配し、環境の整ったカトリック系の私立小学校に麗を入学させました。カトリックの教えが傷付いた麗の心を癒してくれるはずだと……。

まだまだ若い二十二歳で亡くなってしまうのなら、私はもっと麗の傍にいてやれば良かった、麗ともっと会話をすれば良かったとどれほど後悔したでしょうか。私はダメな父親でした。あの子のくも膜下出血の死は先天的なものだったと司法解剖の結果でわかりました。先天的な血管の形態異常が原因だったとわかったのです。母親の遺伝性が高いのではないかと……。渋谷の美術館のアトリエの一室で亡くなったと聞いた時、当時はあなたを疑ったりもしました。あの時、美術館の館長が倒れている麗を見つけて直ぐに救急車を呼んでくれたそうですが……。当時の館長からあなたのことをいろいろと聞きました。あなたと麗は恋人同士だったのですね。同じ大学でとても仲が良かったと聞きました」

麗の父親の語りが、啓斗にあの頃の出来事をまざまざと思い起こさせた。何よりも大切にしていた麗との思い出だった。

「あなたにもとても辛い出来事でしたね。私達家族もどうしてこんな辛い出来事が起こるのかと本当に自分の運命を呪いました。これは私の罪と罰なのではないかと……。気丈だった母もさすがに何日も寝込んでしまうほどでした。その母も四年前に亡くなりました。あなたを探すことは母の望みでもありました。心を開かなかった麗の孤独を唯一癒してくれた人だったから。母の口からそんな言葉が出るとは思ってもいませんでした。不器用な母の孫への深い愛情を改めて知ったのです」

閉館前の館長室は静寂の中にあった。窓の外は暗く、室内で向かい合って座る啓斗と朝比奈を映していた。啓斗はふと麗の卒業制作の『バンディーニのピエタ』を思い起こしていた。

麗が言った。

「『バンディーニのピエタ』に挑戦したいけど果たして私に表現できるのか。『バンディーニのピエタ』は登場人物が四人いて中央にイエス・キリスト、キリストの後ろにイエス・キリストを支えるニコデモ、左右に聖母マリアとマグダラのマリアがいるの」

当時の啓斗は彫刻のことはあまり知らなかったが、ミケランジェロを崇拝していた麗からいろいろ教えてもらったことが蘇ってきた。

『バンディーニのピエタ』はミケランジェロが七十歳代の頃の作品で、作品としては未完成のままなの。ローマの教会の自身のお墓のために制作されたそうよ。ミケランジェロのピエタのキリストはどの作品もとても美しい顔をしているけど、この『バンディーニのピエタ』のキリストはこの首の傾げ方によって中でも一番優しい顔をしているのよ。本当に素晴らしい心打たれる作品だわ。そして、イエス・キリストと聖母マリアの腕と足が今までないほどに絡み合って表現されていて、それはまるでキリストが聖母マリアの胎内に戻っていくようにも見えるとも言われているの」

結局、麗の作品も未完成のままだった。

徐に朝比奈が壁に飾られた啓斗が描いた麗の油絵を眺めながら言った。

「あの絵はあなたが描いたのですか？」

「ええ、そうなんです」

朝比奈は柔らかな表情で言った。

「麗は母親によく似ていました。……あの、良かったらあの絵を私に譲って頂けませんか？」

啓斗ははっとした。二十年前、フランスで落ちぶれていた自分。もがき苦しみ生きることを忘れ浮浪者のようだった自分。そんな人間に話しかけてきた老人を思い出した。悲痛の色を浮かべていた啓斗に朝比奈は言った。

「いやいや、すみません。あなたにとっても大切な絵でした。辛いのは私だけではありませんね。……麗が亡くなって二十年が過ぎた今でも、こうして麗の絵を飾ってくださっている。こんなにありがたいことはありません」

朝比奈の声はくぐもっていた。そして対座している啓斗の瞳にも涙が滲んでいた。

＊＊＊

麗の父親と初めて会話をして以来、啓斗はずっと気になっていることがあった。帰国した当初は全く考えてはいないことだったが、啓斗は美術館の休館日にまさに二十年ぶりに母校のT大に足を運んだのだ。麗との思い出がたくさん詰まったT大。心が抉られるかもしれないその場所はとても懐かしくもあり、切なくもある場所だった。初めて麗と出会った合格発表の日、とても美しかった麗が今でも目の前にいるような気がしていた。

T大の美術学部構内にある美術館は、T大の歴代の卒業生の作品が収蔵・展示されていた。その中に麗の秀作の『サン・ピエトロのピエタ』と未完成ながらも『バンディーニのピエタ』が展示されていた。朝比奈から麗の幼少の頃の話を聞き、改めて麗の作品を見つめる。麗が『ピエタ』に惹かれた理由、麗の心の寂しさを少しは理解できたような気がした。『ピエタ』とはイタリア語で哀れみ、慈悲、愛憐。母の死の悲しみの中、麗は必死にもがいていたのだ。おそらくイエス・キリストの屍は麗の心、聖母マリアは麗の母親と重ねていたのであろう。麗が魂を込めて制作した、あまりに美しいピエタを見つめながら啓斗は改めて彼女の心を感じた。啓斗は麗にとって『バンディーニのピエタ』のニコデモになれていたのであろうか。

『キリストを背後から支えるニコデモはミケランジェロ自身がモデルなんだけど、老いた寂しげな様子の中に強い意志があるように表現されているの』

麗の声が聞こえてくるような気がした。

無事にマルク・シャガール生誕百三十周年記念展を終えた今、啓斗の中で大きな区切りをつけるべき時が来たことを感じていた。

師走の風は冷たく、啓斗はコートの襟を立てT大を後にしたのだ。

＊＊＊

その年の暮れに、佐々谷館長はマルク・シャガールのポンピドゥー・センターの作品と共にフランスへと戻って行った。私はシャガールの生誕百三十周年記念展の最終日以来、彼とは会っていなかった。彼も私も、静かな心の修復の時間が必要だった。私の思いもあの記念展と共に心の奥深くに幕を閉じたのだ。

＊＊＊

あれから三回の四季が流れていった。

私の周りに突然現れたひとつの大きな物語は、少しは明るい方向に進んでいったのであろうか。目まぐるしく移りゆく時の流れを、私は一気に駆け巡ってきたようだ。どきどきしたり、不安になったり、泣いたり、喜んだり、恋したり……。彼女と彼を結ぶ光は、曇ることなくいつまでも七色に輝いているのであろう。私はそんな眩しい光を受けて、少しは大人になれたのであろうか。

彼女の夢を見なくなってから随分と月日が流れ、時には夢を見たことさえ遠い幻のように思うこともあった。けれど彼女の目を通して始まった恋は、私の心の奥底にずっと在り続けた。二十年という長い月日を、彼の心は愛と苦悩に彷徨い続け、縛られながら生きてきたのだ。彼は今、元気なのだろうか。未来に目を向け歩いてゆけているのであろうか。私はいつもそんなことばかりを考えていた。

私も以前は不甲斐ない自分を許せず、自己嫌悪に苛まれる日々を過ごしていた。過去に執拗に執着し、後悔ばかりの日々に埋もれていた。そんな気持ちを克服できずに未来に幸せを見出せるはずもないことはわかっていたのに。

私は自分の弱さも含めて突き進まなければいけないのだと、彼女によって気付かされた気がした。自分自身が人生を誠実に生きるということは、失敗した自分をも許し、駄目な自分ごと未来に希望を繋いで生きるということなのだと思う。そのための今を、私は充分に楽しんで噛み締めて生きなければいけないのだ。自分のために、子供達のために。あの日、心の奥にしまった私の恋は、今でも私にささやかな幸せをくれる。あんなにも純粋で心の綺麗な人と出会うことのできた人生。その志に、人間性に、強く感化され、芸術のひとかけらを共感できた幸せは途方もなく尊い時間だったのだ。

今日も慌しい一日が始まる。元気な子供達を学校へ送り出し、私も行き慣れた会社へと出勤するのだ。……彼は今日も絵を描いているだろうか。私の出現が彼を一層、傷付けてはいなかっただろうか……。私の心に時折そんな懸念が浮かんだりもした。

「お母さん、私の体操着どこ？」

「お母さん、私の部活のTシャツがないよ」

それは二階の子供部屋から聞こえてきた優希と瑞希の叫び声だった。

「ちゃんとタンスの引き出しに入れたわよ。よく見て」

私は朝食で使った食器を洗いながらキッチンから答えた。しばらくして二人の子供達が元気よく階段を駆け下りてきた。

「ああ、遅刻しちゃう。優希、早く」

「お姉ちゃん、待って」

二人は我先にと玄関へと急いだ。私は泡で濡れた手を布巾で拭きながら、二人の後を追って言った。

「ねえ、二人とも体操着とTシャツはあったの？」

子供達は忙しく運動靴を履きながら「あったよ」と言って騒々しく「行って来まーす」と言うと玄関を出て行った。この春、瑞希は中学二年生に、優希は小学五年生になった。ほっとするのも束の間、私はさっさと洗い物を済ませ、自分の身支度をして早々に家を飛び出した。今日も自転車のペダルを踏み、小さな町工場へと向かうのだ。

……彼とは違う形で出会えていたならと、奇跡のような過去を夢見てみても、切なさが募るだけだ。それでも魂の声は、彼を呼んでいた。……私は未来に彼と再会できる。そんな奇跡を心の片隅でそっと祈りながら、今日を、明日を、生きるのだ……。

＊＊＊

「あらあ、小野瀬さん、今日は優希ちゃんとお二人？」

いつも温かな笑顔で迎えてくれる野崎さん。私と娘達は既に都立美術館の常連となっていた。

「ええ。瑞希は部活で忙しくて、しばらくは優希と二人で伺います」

「あらあ、そうなのね。月日が過ぎるのは早いものね」

そう微笑む野崎さんの目元に皺が刻まれた。

「野崎さんも今年は学芸員としての最後の年になりますね」

「そうなのよねえ。寂しさもあるけれど、楽しみでもあるの。私は退職したら世界中の美術館を、自分の足で廻るのが夢だったのよお。若い頃も訪れたことはあったけれど、定年後はどんな気持ちで美術館を巡るのかなって、そんな自分を発見するのも楽しみであるの」

「そうですね。長く頑張っていらした野崎さんですもの。好きなものに囲まれてゆったりとした時間を過ごすことは、自分へのご褒美ですよね。野崎さん、来年の三月、野崎さんの退職の慰労会を盛大にやりましょう」

「あらあ、嬉しいわねえ。楽しみだわあ」

「私、野崎さんに出会えたこと、本当に感謝しているんです。野崎さんに絵画の世界のこと、たくさん教えて頂いて、本当に充実した時間を持つことができました」

「まああ、そう言ってもらえて、私も嬉しいわあ。私もとても楽しかったのよ。若いお友達ができて、絵画の世界を共有できて、私こそ小野瀬さんに感謝しているわ。さあ、今日もどうぞごゆっくりいってらっしゃい。優希ちゃんもお母さんと一緒に楽しんできてちょうだいね」

「はい」

「ありがとうございます」

　そうして私達は野崎さんと別れ、すっかり馴染んだ美術館の館内を歩き出した。ガラス張りの廊下や明かり取りの窓から、春の暖かな陽が差し込んでいた。洗練された空間を娘と並んで歩くゆとりのある時間。私は今、幸せなのだ。ここはシャガールが微笑む場所であり、娘と共感できる空間であり、彼と出会った場所なのだから。私はいつもこの場所で温もりをもらっているのだ。私の一歩と娘の一歩、大理石の床。いつの間にか同じくらいの位置になった私の肩と娘の肩、そして壁に並ぶ名画の素描画。……同じラインに彼がいてくれたら、彼の微笑が私に注がれていたら、私はそれ以上は何も望まないだろう。彼と生きる人生はどんな感じなのだろうか。恐らく私は彼の才能を賞賛し、感動し、彼の人柄に魅せられ、尊敬し、刺激され、自分も彼に追いつこうと全てにおいて努力する充実した人生を送るであろう。

　私達は幾重にも折れた廊下を進み、やがて教会の祭壇のように装飾されたシャガールの空間にやって来た。光に揺れるステンドグラス。馴染み深い三枚のリトグラフ。中央に置かれた座り心地の好い数個のソファー。

……彼に会いたい……彼の心に触れたい……心からそう思った。

「お母さん、この美術館を出たら、久しぶりに〈渋谷はるのおがわプレーパーク〉まで歩いてみない？」

「そうね、いいわよ」

私達は中央のソファーに座った。

「今ね、〈渋谷はるプレ〉でプレイデー展をやっているんだって。見てみたいの」

「ふううん。楽しそうね」

「うん、楽しいよ、絶対」

おさげ髪で丸顔の優希は、本当に嬉しそうに笑う。笑った時のえくぼが幼い頃のままだった。希望だらけのまっさらな未来。いろいろな世界を見て、感じて、喜び、希望を抱き、ずっと私にそんな笑顔を見せていて欲しいと願った。

＊＊＊

それは突然の出来事であった。野崎さんから珍しく携帯に電話が入ったのだ。

「もしもし、小野瀬さん。お仕事中ごめんなさいね。でも、一刻も早く小野瀬さんに連絡しなければと思って。あのね、八月にうちの美術館で『日本・フランス現代美術展』が開催されることになったのよ。『日本・フランス現代美術展』てね、日本とフランスをはじめとして世界十一ヶ国の現代作品が集結する大変名誉ある展示会なの。それにね、佐々谷元館長が出展されて日本に凱旋帰国するって言うの」

私は佐々谷という名前を聞いて、心臓が高鳴った。

「本当ですか？　八月に出展と共に帰国されるのですか？」

「そうなのよお。嬉しいわねえ。彼の世界的な活躍。凄いわねえ」

「ええ、本当に」

「それもうちの美術館で開催されることが、尚更嬉しいわあ。きっと、彼の意向よね」

携帯を握る私の手が震えた。これは夢ではないだろうか。野崎さんから久しぶりに伝えられた佐々谷という名前。彼がフランスに発ってからの三年の月日は、私に四季の美しさと切なさを教えてくれたのだ。彼が日本にやってくる。彼に会えるのだ。

「ごめんなさいねえ、お仕事中。ではまた詳細がわかったら連絡するわねえ」

「はい。ありがとうございます」

私はそっと携帯を机に置いた。これは私がずっと待ち望んでいた奇跡。八月、彼と再会できるのだ。佐々谷啓斗。ずっとずっと私の心を温めていた名前だ。

＊＊＊

春風が八重桜の花びらを躍らせていた。午後三時過ぎ、誰もいない小野瀬家のポストに一葉のエアー・メールが届けられた。

『お元気でお過ごしでしょうか。ご無沙汰しております。束の間、帰国した日本で、私は実に多くの贈り物をもらいました。この頃やっと、そんなふうに穏やかに思えるようになりました。私が実に長い時間閉ざしていた心が、この春の陽射しのように穏やかに柔らかく解放されてゆくことを感じます。心に絡みついた過去の失錯の念。彼女の許しによって、私の歩んできた後悔の募るこの道を、悩み、苦しみ、傷付け傷付いてきたことさえも、これが私の人生なのだと、これが人生の学びなのだと真摯に受け止める勇気を持つことができるようになったのです。不完全な自分を、不完全なまま歩むことを許し、見守ってくれた彼女の存在によって私は生かされたのです。私の未熟さは、彼女の一途な真心によって浄化されてゆきました。私は、私という無知な人間の人生の中で、確実に穏やかに満たされた世界へと導かれてゆきました。私は今まで以上にカンヴァスに向かっています。筆の運びのひとつひとつに、色彩の一色一色に命の力強さが感じられ、毎日がとても充実しています。本当に大切なものが再び、私のもとに戻ってきたようです。私はもう道を見失うことはないでしょう。不完全な自分を受け入れ、希望と共に歩んでゆきます。心の冬は春の訪れと共に終わりを告げました。フランスの森にも黄水仙や忘れな草、桜草など色とりどりの春の花が咲き誇っています。東京の桜はいかがでしょうか?

今年の夏、日本で開催される『日本・フランス現代美術展』に出展するため、私は再び日本に帰国します。前館長が残して下さった都立美術館で開催されることになり、とても光栄に思っております。再びあなたや野崎さんにお会いできることを楽しみにしております。

フランスの森に咲くスズランを、日本でお世話になったあなたに贈ります。フランスでは五月一日に一年の幸せを祈ってスズランの花を大切な人に贈る習慣があります。スズランは春のシンボルであり、幸せを呼ぶ花としてフランス人からとても愛されている花です。

次の春には、あなたをスズランの咲き誇るフランスの春にご招待致しましょう。

佐々谷　啓斗』

小さなポストで待ちわびる赤と青の縁取りのある封筒から、フランスの春の香りが漂っていた。

東京の八重桜も満開に咲き誇る暖かな春の一日のことだった。

著者プロフィール

高瀬 久子（たかせ ひさこ）

日本文学館『運命の一言』に「しあわせの近道」（萩原くるみのペンネーム）が掲載される（2005年12月1日）。

シャガールに恋して

2024年 6 月15日　初版第 1 刷発行

著　者　高瀬 久子

発行者　瓜谷 綱延

発行所　株式会社文芸社

〒160-0022　東京都新宿区新宿1－10－1

電話　03-5369-3060（代表）

03-5369-2299（販売）

印刷所　株式会社フクイン

ISBN978-4-286-25356-5